如画人生

的灰 著

图书在版编目（CIP）数据

如画人生／的灰著；－北京:中国戏剧出版社，
2005.9

ISBN 7-104-02249-X

Ⅰ.如... Ⅱ.的... Ⅲ.自传体小说 中国 当代
Ⅳ.I247.5

中国版本图书馆 CIP 数据核字(2005)第 113164 号

如画人生

责任编辑： 王媛媛 萧楠
出版发行： 中国戏剧出版社
社　　址： 北京市海淀区紫竹院路 116 号嘉豪国际中心 A 座 10 层
邮政编码： 100089
经　　销： 各地新华书店
印　　刷： 北京燕泰美术制版印刷有限责任公司
开　　本： 889×1230毫米　1/32
印　　张： 7
字　　数： 90千字
版　　次： 2005 年 10 月北京第 1 版第 1 次印刷
书　　号： ISBN 7-104-02249-X
定　　价： 25.00元

目 录

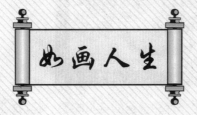

如画人生

这张小纸片一直和爸爸的宝贝邮票一起，收在带锁的大柜子里。爸爸妈妈说："等的灰将来成了大画家，这张纸可就值钱了——第一次画出的人形啊！"

其实在我心里，这张纸的真正价值在于，让我知道自己拥有多么深切的爱。我知道不是每一个小孩子的涂鸦，都会被父母如此珍而重之地收藏。

四岁的我，画了这幅画送给妈妈，题名曰："小大人"——我当时也只会写这么几个字。妈妈没有批评我弄污了她的备课本，还夸我画得好。

四岁半的时候，我在浙江和外公外婆住在一起。最喜欢做的事就是跟外婆学写字。外婆不厌其烦地把我的一篇篇大作寄给爸爸妈妈。从信纸到内容，充满了让人失笑的时代印记。

妹妹降生之后我才发现当姐姐并不是一件值得兴奋的事，尤其在妹妹比你小五岁半，什么都要粘着你的情况下。不过教她画画是我喜欢做的，我认为妹妹四岁时能画出这样的杰作完全是我的功劳。

佳琳：你好吗？

　　你在沈阳听话，让好，让妈是个好孩子。全校领导、老师和托儿所的妹妹朋友都表扬。你要听妈妈、姨姨等的话，不要怄人，把你回来让小兔了给你不好吃。

　　妈妈到外地养病，我和妹妹都跟着去了。爸爸几乎每天都写信来，不仅给妈妈，也给我，给还不认识什么字的妹妹。这开创了我家以画代信的先河。

读初中的时候我和家人在两个城市，那年妹妹五岁，用她会写的全部文字拼成信寄给我。

我也不停地画信给她。

妈妈:您好.

　　我过生日,你高兴吗?昨天,大姐给我一个日记本我很高兴.姐姐给我三个礼物,其中一个我最喜欢的是不倒翁.

　　妈妈,你快点回来,我等着你.我很听爸爸的话,你治好病就回来吧!姥姥姥爷都好吗?爸爸说:"姥姥也要过日生。"我庆祝姥姥老生日快乐,身体健康.我要上学了,不写了.

　　她过生日我总有礼物送,她忙不迭地写信告诉在外地的妈妈。

我过生日的时候，她也从不忘记。

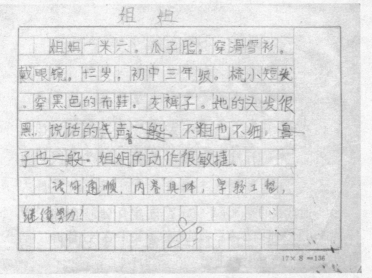

妹妹在小学三年级的作文《我最喜欢的人》，写的是我。

回鹘女王

NANLIN
88.10.31

　　中学时代我的画画水平突飞猛进,主要原因是数理化成绩全线崩溃,上课时间基本上都是在课本和笔记本上涂涂画画,还费劲心思为画中人设计服装、发型和首饰。

不过，和华多没有受过训练的业余爱好者一样，我笔下的人物，全都侧头朝右。

数学老师痛心疾首："阿灰，你用画这头发丝的工夫多做几道习题有多好……"

全都向右。

那时候同学之间互赠的贺卡都是自己做的。因为日本漫画流行，我做的贺卡上统统是花仙子式的人物。

为此疯狂收集卡通贴纸，贪婪地照着贴纸画呀画，因为找不到教人画漫画的书。

高中时代开始憧憬美好爱情，在作业本上构想自己的白马王子形象，发誓非这样的男子不嫁。

如今我的夫君，与这幅索骥图没半分相像。

爸爸妈妈一直很遗憾没机会送我去学美术。他们买给我一本美国画家写的书《人体素描》。第一次接触美术专著，高山仰止，目眩神迷……

我画过的所有素描都在学校里一次次的画展上丢得影踪不见，只剩下这一张模糊的照片。

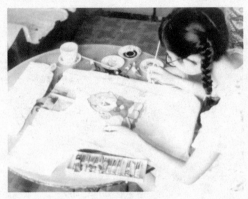

大学里，最喜欢结识美术系的朋友。看了他们的作品之后我也开始尝试使用色彩，不过只敢用丙烯颜料画T恤衫玩。

整个夏天，同学们穿着我画的T恤衫招摇过市。

不过她们悻悻地说："真没劲，没有人看出来是画上去的。"

　　每一年的岁尾，爸爸妈妈都催我给家里画月历。他们不爱买月历，就爱用闺女画的。

妈妈喜欢卡通画，我就画卡通画。在家人的生日、重要的节日上，仔细地描上红心。

渐渐发现，原来卡通画并不只是儿童的天地。

原来卡通画也是可以画出感情的，可以快乐，也可以忧伤。

原来用彩色铅笔也可以画得非常精致。

这幅画画得很大，结果扫描的时候只能分成两次扫，接缝处有明显的色差。现在妹妹说她知道如何避免色差，但是原画早已赠人，不复有机会重新扫过。人生之事，每每如是。

　　妹妹就要考大学了，我画了卡片寄给她，题名《等待》："冬天等待雪白，春天等待花开，夏天等待你的成功，秋天等待你的到来……"

那年秋天，妹妹果然来到了我在的城市。

四年的时间，我们几乎每个周末都在一起，聊天，吃饭，逛街，看电影。

ALICE
1998.12

有时候妹妹也偷我的碳素铅笔去画画。不过她只画一个人。

永远是同一个人。

永远。

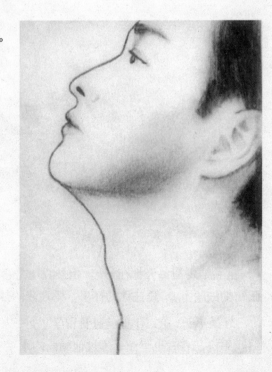

如画人生

二十三岁那年我恋爱了，准备结婚。爸爸妈妈忙不迭地写信来问我夫君是个什么样的人物，我写信描述了一下，还附了个草图。爸爸妈妈回信骂我胡写乱画。

毛脚女婿登门拜访之后，爸爸妈妈写信来，夸我下笔如有神。

虽然结婚后每天都在一起，但是我还是喜欢给夫君写信、画画，细细题上："睡在你的怀里，爱在我的梦里……"

好景不长，第二年他就赴日留学了，一去至今。这回轮到他给我写信，有时也画画，不过他画画的水平实在难以恭维。

我写信问他："为什么要路边的野花到处采啊？"

他很委屈："我那是为你种下九百九十九朵玫瑰。"

廿五周岁近中年
腹内空空舞翩跹
此身即将为人母
心境长似彼得潘

1997.12.29.

他走之后我才发现自己怀孕了。我决心要快乐地、温柔地、轻松地把宝宝好好养大。我很早就开始忙着给宝宝做小衣服、买奶瓶、搜集童话书：《夏洛的网》、《小布头奇遇记》、《柳林风声》、《彼得潘》……并在每一本书背后贴上自己做的藏书票。

闻鸡起舞

　　为了给宝宝进行胎教，公公婆婆买给我很多古典音乐听。我听得汗出如浆，痛苦万状，最后决定：还是改成美术胎教吧。

　　于是我一有空闲就在挥毫泼墨。

　　妈妈说胎教是很有效的,她说我之所以有点画画的天赋,就
是因为她在怀孕的时候把好几筐鸡蛋都画上脸谱玩来着。

如画人生

不过妈妈不喜欢我总是画范曾的老头子。

她说怀孕的时候画什么，将来小孩子就容易长成什么样的。

我恍然大悟：怪不得我长得跟京剧脸谱似的。

稚
子

于是改画范曾的小娃娃。

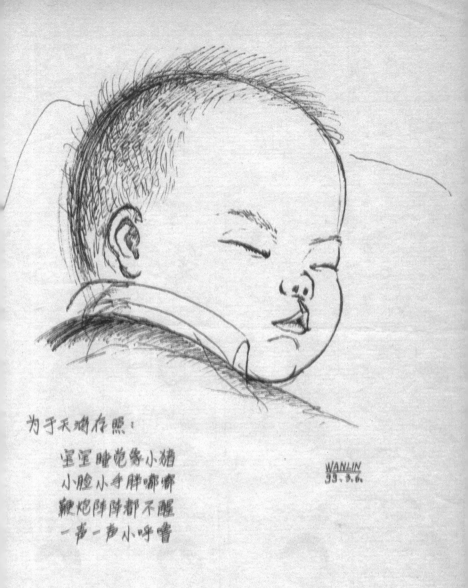

为于天嘟存照：

　　宝宝睡觉赛小猪
　　小脸小手胖嘟嘟
　　鞭炮阵阵都不醒
　　一声一声小呼噜

WANLIN
99.3.6.

　　1997 年的最后一天，灰宝宝降生了。

　　从此我最爱写的文字是宝宝轶事，最爱画的图画是宝宝熟睡的面容。

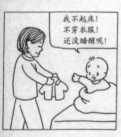

宝宝一天一天地长大，每一天都给我新的惊喜。我记了长长的日记留着，给他，也给自己。

对于一些特别有趣的细节，有时我也会画成四格漫画。

　　宝宝也是在三岁的时候，画出了第一个人形。

　　我欣慰地承认，他比我当年画得好。

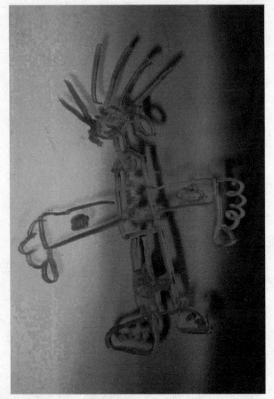

四岁的宝宝，画了一幅画送给我，说是我的像，还穿着大花衣裳。不过这幅画不是画在纸上，而是用掉了我的半支资生堂口红画在穿衣镜上。

似乎我是应该批评他的吧，但是我不能。抱起他，就像抱起儿时的自己，二十多年的时光，就在这一瞬间悄悄流过。

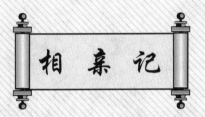

故事发生在1994年。

故事的主角就是我的灰（喷，我这个ID起得真叫个差，听起来像是我被火化了一样），属性绿，当时芳龄二十一，大学刚刚毕业，金钱值每月二百零五元，体力值百分之百，攻击力二十二，防护力十点八。学业经验值八十五，社会经验值零点二六，爱情经验值五十九——有丰富的暗恋和被暗恋经验，但是从来没有谈过恋爱。

剧情开始：

第一关：沉默的羔羊

毕业后到政府机关工作，老同志多小同志少，男同志多女同志少，已婚同志多单身同志少，于是我很快成了知名人士，为我介绍对象的人前仆后继。记得第一个做媒的是李书记，一位老大哥，将我介绍给直属单位的王生。听到这个消息我很忸怩："介绍对象吗？嘻嘻……这个……这个多不好意思啊！"李书记说："天哪，你还不好意思呢！多少人上中学的时候就把对象搞定了。"在他的大力撮合下，我和王生决定在中秋联谊会的会场见面。

见面那天李书记专门为我们两个安排了一间休息室。引我们握了手、互致问候后他就借故走掉了。房间里只剩我们两个人。

我完全不知该说些什么，于是坐在那里低头看着衣袖。王生也不作声。我研究完衣袖后的每一根线头后抬头看看王生，见他也正在看衣袖。我看看窗外，然后又低头看衣袖。过了一会儿，抬头看看王生，他还在看衣袖。

……

十分钟后，外面的音乐响起，我说："呃，联谊会开始啦。"王生说："真的，开始了呢。"我们两人起身走了出去。

第一次相亲，无疾而终。

　　（秘技：对战时不能用意念过招，一定要真刀真枪。一般地说应该是男生先出招，但遇到坚决不肯亮出兵器的男生……自杀还是他杀，你看着办吧！）

　　第二关：兄弟情深

　　接下来给我介绍对象的是一位老大姐，她取了捷径，将局里惟一的男性单身汉介绍给我。

　　见面时我俩那真叫眼前一亮："哔，是你！"原来早就认识的，他是我的学长。"你也在这里啊？你什么时候来的？你怎么来的？你具体做什么工作？那个谁谁谁毕业后去哪儿了？……"与上次截然相反，我们两个简直有说不尽的话题。两小时后愉快地挥手道别："有机会聚聚啊！我请我请！……"

　　第二天我们分别告诉介绍人："别费劲儿了，我们不可能的。"

　　（秘技：尽管江湖中有很多师兄妹喜结良缘的故事，但是如果你们同门学艺多年都情同哥俩儿，出道之后再相爱的机率就很小了。）

　　第三关：真实的谎言

　　正在读研究生的一位老同学阿红介绍与她同班的吴生给我。为了这次相亲，阿红千辛万苦地帮我弄了一张入场券去参加她们学校的舞会，又千辛万苦地拦下了所有想与吴生跳舞的同学将我推了上去。吴生其人高大俊朗，一表人才，拉着我跳得满场生风，据阿红对我耳语说："吴生的舞技代表了我校交谊舞扫盲班的最高成果！"而从随后的交谈来看，其人还真不仅是会跳舞而已，很多方面大有可取之处。得到我的肯定后阿红兴奋地追着吴生问："怎么样？你觉得我的同学怎么样？"吴生连连点头："很好啊，很好！""那什么时候再见面？"吴生想了想，说："最近有个考试，忙得很，考完试再见吧！"阿红欢欣鼓舞地回

来找我："怎么样，我够意思吧？嘿！等你俩将来结了婚，我算是娘家客还是婆家客？……"

结果直到现在阿红见了我还是要大骂吴生，说那个人不老实，说话不算话。

（秘技：如果第二次交手的日期约定在九十二年后，你就要明白：对方毫无继续跟你切磋的意思。）

第四关：漂亮妈妈

这一次的相亲是俺老师给安排的，地点定在人民广场。可爱的老师一定想象届时人民广场蓝天白云，风筝飘飞，花香袭袭，鸽哨阵阵，多么的好，多么的妙，多么的不得了……可是那天刮大风，我给吹得立足不定，头发像梅超风一样四散飘飞。这时候男主角郭生出现了，身材高大无比，需仰视才见，身后跟着一位仪态万方的女人——他介绍："这是我妈妈。"我倒！带着妈妈来相亲？！我陪笑道："伯母好。"伯母大人点了点头，从上到下使劲地睐了我一眼，我猜她肯定看到了我纷乱的头发、敝旧的大衣、毛了边的牛仔裤和颜色不够配衬的球鞋。

接下来的时间里，伯母就站在一旁听着我们谈话，在郭生热情地给我留电话的时候插言："又没带纸笔，多不方便？改天抄在卡片上送给这位小姐。"

（秘技：如果对手和他的妈一起出现在擂台上，劝你不必再打，弃剑而逃便是。）

第五关：像雾像雨又像风

石生是第一个解开我的"见光死"魔咒的人，居然相亲之后打电话约我第二次见面。其实那时候对他还没有什么特别的感觉，但是约见了两次三次之后，这个人的和善、细心、开朗和良好的修养给我留下了比较好的印象，开始考虑是不是应该认

真地跟人家交往。但是随后的一段时间，局里接连来了几个大活儿，我非常非常地忙，几次约会都取消了。我觉得对石生很抱歉，想主动约他一次，一起去看电影。

那天下午给他打传呼，他一直没有回电。第二天他回了电，急急忙忙地解释说传呼丢在别人家没有看到。当时我正在开会，只好请他等会再打来。结果这个会开到晚上都没有结束，石生又来电话，我说真不好意思，明天再详细跟你讲啦。

第二天早上我又给他打传呼。这一次他很快就回了，偏偏我刚拿起电话来，局长就走进来要跟我说话。我只好又请石生等会儿再打来。局长说今晚有个项目要我去谈。我张着嘴巴想了又想，觉得约了人看电影不是逃避工作的理由，何况我还没约呢。于是老老实实地答应下来。

过了一会儿石生来了电话，问我到底要对他说什么啊，我苦笑道："本来是要请你看电影的，结果现在又不能啦。"

随后为了那个项目，又忙了几天。接着，我出差了。回来之后见传呼上有石生的留号，于是呼他，他没有回。

就这样，再也没有联系过。

（*秘技：当你在战斗中猛吃大还丹和千年灵芝，生命值仍然势不可挡地降为零的时候，你要知道是剧情要求你必须输。*）

第六关：天使在人间

一位在银行工作的朋友给我打电话，说他那里有一位"吸尘状元"单身，人很不错。我呢，虽然觉得清洁工一般来说素质不会太高，但是也许另有过人之处呢，还是同意去相一相。见面的时候是一个寒冷的冬夜，我裹着大羽绒服，而该状元竟然穿着一身雪白雪白的西装，配着白皮鞋。我的朋友热情地介绍着："这是我同事单生。"单生微笑着伸出一只冰冷的手来与我相握。

与单生共进晚餐时才知道他不是"吸尘状元"而是"吸存状元"，这个误会令我忍俊不禁，然后我目瞪口呆地看见单生抬起手来，掩着嘴巴轻笑。吃饭的时候，单生使筷子的方式很特别，小手指是翘起的。整个席间，他吃得非常少非常少，一直都在歪着头听我说话。酒过三巡之后，单生掏出一方雪白的手帕，在脸上轻按，轻按，然后细心地折好放进口袋。

大家原谅我吧，我实在是忍不住，在心里向他那清秀的脸上打叉，打叉，打叉……

（秘技：如果你的属性是蓝，那么修炼的时候一定要注意，不要挑选属性是绿的武功。）

第七关：侏罗纪公园

隔壁办公室的一位大姐对我非常非常关心。一天，她激动地告诉我说为我找到了一个真正的白马王子：学历高，人品好，模样周正，在税务局工作，"光年底分红就有好几万！"在她的热心操持下，白马王子赵生很快就和我见面了。一见之下，我觉得大姐还真不是盖的，赵生他虽然算不上英俊潇洒，也有八九分的风度，头发梳得有型有款，衣裤搭配得熨贴舒适。难得的是待人态度非常大方，看得出是见过世面的人。不过从他看我的眼光里，我感觉这个人没有喜欢上我。

果然，第二天一上班，大姐就气急败坏地来找我，一见面就嚷："到口的肥肉丢掉啦！"她大力点着我的鼻子："你怎么连妆都不化就去相亲？唵？人家赵生很讲究的！是啊，你平时是不化妆的，但是相亲……相亲……你也太不当回事啦！你看你穿的这件衣服！你打哪儿弄来这么一件衣服？打哪儿弄来的？"

我心虚地说："我奶奶的。

"奶奶的？为什么要穿你奶奶的衣服？"

"我……我奶奶嫌这件衣服太老气了，所以我……喂！大

姐！大姐！"

……

（秘技：就算你的功力已经达到六十级，也不能光着身子上阵。配备战神盔、百鬼指环和天蚕宝甲能够大幅度增加攻击及防御指数。）

支线剧情：

我的老友顾生来看我的时候得知上述悲剧，忍不住大发议论："的灰呀，你呢，也真是该注意注意了。人是要靠打扮的，你别看周润发挺帅的，他要是光穿一件破裤衩子站这，跟我也就差不多了。你看你，大T恤，配条运动裤，脚上穿双板儿鞋。现在哪还有女孩子穿板儿鞋的……"我咕哝着："这不是在家里么。""在家里也不能这么穿啊，你设想将来你丈夫下班回家来，看到你这般模样，那是什么心情？如果你穿着一件紧身的黑色背心，牛仔短裤，一双高跟皮拖鞋，那又是什么心情？告诉你，女人看男人，讲究学识、能力、心灵美；男人看女人呢，要靠视觉刺激的，外表看上去性感不性感……"我怪叫："打住！打住！"

那天晚上与老妹探讨此事，老妹严肃地说："让对方看你第一眼就意识到自己的性别是可耻的！"我叹气道："是啊，是啊，我也是这么想的。不过也许明天我该去买件黑背心？"老妹鬼叫起来："你学坏啦，学坏啦……"

我们争论来争论去，直谈了大半夜，最后得出的结论是：就算周润发只穿一件破裤衩子，还是比他顾生帅。

第八关：龙猫

梁教授介绍了一位清华大学建筑系的高材生孙生给我。清华大学！建筑系！我毕恭毕敬地去梁教授家见他。孙生个子高而胖，面目有些模糊，戴着一副看不清双眼的茶色眼镜。

梁教授借故回避了之后，孙生良久不开腔，眼看着第一关的悲剧即将重演。可是经过这一年半的逢亲必相、屡相不亲，现在的我已经修炼到二十三级，金钱数每月八百三十元，体力值四十二，攻击力九十七，防护力九十九点二六，学业经验值五十三，社会经验值七十七，爱情经验值八十五……于是我闲闲开口道："梁教授家的藏书真是多啊！"孙生举目四顾，说："真是多啊。……你爱看书？"我笑："以前爱看的，现在只有金庸小说能看进去了。""金庸小说有意思吗？""……挺有意思的。你没看过？""没有。我不爱看书。我就爱看电视。""爱看什么节目？""什么节目都看。反正也没有别的事干。""……明天周末了，不上班吧？""不上班。在家睡觉。""呵呵，幸福啊，不搞大清扫啊？""才不呢，那都是我妈的事。"……

然后孙生拿出一支烟，点燃了吸起来。我看着他。这是梁教授的书房，而梁教授是不吸烟的，家里连烟灰缸都没有。可是孙生也并没有去找烟灰缸，他惬意地吸着，任由烟灰一团一团地掉在地板上。

（秘技：不要以为从华山派出来的就是令狐冲。）

第九关：与狼共舞

许生在第一次见面时给我的印象真是不错，非常活泼大方，诙谐幽默，相貌虽是平平，但是看上去也很顺眼。所以在他约我见第二次时，我愉快地同意了。

那是初春的一天，阳光灿烂，走在微醺的风里，让我感觉身心舒畅。许生也注意到了这一点，说："多么好的天气啊！上大学那时候，每逢这样的天气，我们都出来蹲在宿舍门口晒太阳。……我们给路上经过的女生打分，起外号，哈，你不知道，我给我们班一个女生起外号叫'大臀'，叫得那个响，结果她的男朋友都吹了。……我们系的男生都很服我，我的脑筋最快了。"

X年X月X日

考试前我把答案抄在卡片上，用一根橡皮筋拴在袖子里，考试的时候拉出来看一眼，一松手就弹回去，再看一眼，再弹回去，监考那老头干瞪眼抓不着我。……我还把答案写在铅笔上，一支铅笔可以写上很多字喔，偷看的时候谁也发现不了。……中国的教育制度就是有问题！考试有用吗？能够造就真正的人才吗？……我就不及格，就不及格，最后他们也得让我毕业。我才不在乎那些！我正在写一本书，关于马列主义在中国的实践，我相信是一本有价值的著作。我提出了很多新的观点……不过大学生活真是有意思，过得像猪一样也没人管你，我的袜子穿得，放在桌上都能自己站住……"

（秘技：起手式还没摆好，先把自己的罩门指给对方看……你还想不想活啊？）

第十关：终结者

咳，咳，现在，嗯！激昂的音乐响起！大 BOSS 出场啦！

于生在第一次见面的时候就结实地闪了我一下：原本约定是晚上七点钟在介绍人吴老师的办公室见面，结果他打了个电话来，说临时上个手术，要晚一些。这一晚一直晚了两个半小时，我都快睡着了的时候听到走廊里匆匆的脚步声，他在和吴老师边走边说话："……告诉郭叔不要紧张，这个病不严重，就是神经的啾啾啾啾所以啾啾啾啾，如果保持啾啾啾啾，那么脊椎就不会啾啾啾啾，所以啾啾啾啾……"进得门来，于生与我握了一个有力的手："对不起我来晚了！"我笑："做手术了是吧？什么手术啊？"于生摇头道："那个病人刚到的时候啾啾啾啾已经啾啾啾啾，瞳孔啾啾啾啾肌肉啾啾啾啾，必须得啾啾啾啾……现在好在啾啾啾啾……"

（必杀技：不要使那些是人就会用的太祖长拳、罗汉长拳什么的。一出手就用八荒六合唯我独尊功镇住对方！）

其实我很喜欢听他讲他的手术——我对专业人士总是盲目崇拜的——但是于生很快转移了话题："听吴姨说你在学校时是一个非常出色的学生啊，你的成绩啾啾啾啾，你还是啾啾啾啾啾啾啾啾，好像获得了啾啾啾啾啾啾啾啾，现在你还啾啾啾啾啾……"我笑起来："你也很了不起啊，你以前啾啾啾啾，从小就啾啾啾啾啾啾啾啾，大学的时候啾啾啾啾啾……"于生很不好意思地摸了摸头："吴姨她可真够负责任的！"

（*必杀技：谁说好汉不能提当年勇？如果让对手知道你曾经独战河朔双雄，掌劈关东七虎，一夜之间连挑二十八家帮会……他马上就会趴在地上磕头也说不定。*）

在拉拉杂杂谈话的时候，我目光炯炯地扫视着于生。他的面孔，嗯，用好听一点的话来说是"骨格清奇非俗流"；用难听一点的话来说，就是香港电影中邪派掌门的造型。不过他的手长得非常好，修长而有力，不愧是一双外科大夫的手。而且于生的个子高而直，肩膀宽厚，身材比较魁梧。——我要到很久以后才知道当时他的外套里还穿了一件羽绒背心。

（*必杀技：一般地讲，外表可以让你大致判断出对方到底是关底的大BOSS还是只是个过路的NPC。*）

由于晚上谈得不错，第二天于生就约我出去晚饭，在一家酒店吃自助餐。入席之后他说："不要客气啊！努力把饭钱吃回来。"这还用他说？头两盘菜我还保持了一点淑女的风度，吃得兴起后，我就以狂风扫落叶之势拣起菜来，将盘子装得满满的，欲与于生试比高。一小时后于生说他已经吃饱了，我说："那你不介意我再去拣一盘吧？"他笑着点头。过了一会儿我说："那么我再去拣一盘？"过了一会儿我说："最后再拣一盘！"过了一会儿我说："真不好意思，我还想去拣一盘！"……后来于生坦白说，他当时觉得这个女孩真特别，就是她了，就是她了……

（*必杀技：用木系的武功来打金系的怪兽会败得很惨，但是*

如果用来打土系怪兽会立见奇效。）

接下来的几个月中，我们每天都见面。每天都见面。每天都见面。用后来于生的话说："我喜欢这个女孩，就得让她知道。"于是就算他头天晚上值了一宿夜班，第二天也一定要约会我。所以我奇怪地发现几乎每次看电影于生都会在开场半小时内睡着，脑袋晃来晃去，有一次还流下了"激动的哈拉子"。

（必杀技：即时式战斗中，必须冒着手腕抽筋的危险狂点鼠标，直到对方倒下。如果你胆敢打到半路跑出去抽烟，等待你的一定是"队伍全灭"。）

许多时候于生也会到宿舍去看我，吃我做的菜。我买了一本菜谱，上班的时候偷偷背下来，回去手势熟练地做。于生诚实地告诉我我做的菜一点都不好吃。我说："你要是不把它吃光，今天就别想活着回去。"于生愁眉苦脸地说："我要是把它吃光，就更别想活着回去了。"……于生自己不怎么会做菜，但是他每次都会守在厨房看着我做，在我的吆喝声中打打下手。至今如此。

（必杀技：不一定要每次战斗都冲上去与小师妹双剑合璧。大多数情况下，肯为她掠阵已经足够。）

相识的第八天是于生母亲的生日。于生带我回家去祝寿，介绍我认识了他的家人。于生的父母和我的父母一样都是教师，善良亲切，和蔼温文。家里还有一个备受于生爱护的腼腆的弟弟。家居的面积不是很宽大，但是收拾得整洁舒服。大家在笑语声中用完了晚餐，于生刷碗，擦地板——不是装的，一直是这样。

（必杀技：如果对方出身的门派威名远播，掌门人德高望重，师徒和睦，高手大侠层出不穷，那么对方应该不会是个大奸大恶之辈。）

于生从来没有向我求过婚。他是直接问我："我们是春节结婚呢，还是五一结婚？"我扁嘴道："三十岁以前也许。"他急了："你有什么三长两短需要我等到三十岁？"我叹口气，小心地问他："你都想好了吗这么快就结婚？"他正色道："我这可不是冲动，我早就过了冲动的年龄了。我就是喜欢你，我还从来没有这么喜欢过谁呢。你好看，能干，温柔，体贴，很可爱，很不一般，有一种特殊的魅力……"

（必杀技：不要浪费了你的投掷技能！摸出囊中所有的暗器丢过去！让对手中毒、昏睡、石化、电解、麻痹、疯狂……胜利在向你招手！）

相亲三个月的纪念日，我们……结！婚！啦！

-----G-----A-----M-----E----------O-----V-----E-----R-----

超值附赠主题歌一首：

山间一寺一壶酒

独酌不如去相亲

何必零丁叹寂寥

碧海青天夜夜心

莫愁前路无知己

淘遍黄沙始见金

过尽千帆皆不是

终有一款适合您

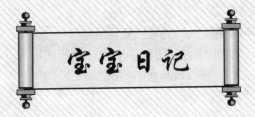

宝宝日记

如画人生

灰宝宝就是的灰的宝宝，学名于天鸿，男，生于一九九七年最后一天，如今七岁半，小学三年级。

一九九七年十二月三十一日·出生第一天

……片刻，我听到婴儿的哭啼！多么动听！多么响亮！中气真足！我喜悦地睁开眼睛，大夫正捧着一团黑乎乎、血淋淋的小东西，那小东西在不停地蠕动，那是我的孩子！

那是我的孩子！

我百忙之中抬头看了看墙上挂的钟，此时是一九九七年十二月三十一日上午七时十八分。

一个护士抱着孩子走到我身边来："给你看看，"她将孩子两腿一分："男孩！"我笑起来。——我听同事讲过这个程序，她经此时因早已做B超知道是男孩，所以毫无惊喜，而我则不同。当然无论是男是女我都喜欢，就我本心似乎喜欢女孩还更多些，但我知道亲人们都希望是男孩。现在真是皆大欢喜，我得意得不得了，几乎连疼痛也忘了。这时候两个护士把我掀到另一张床上，推在房间一角。接着一个护士把一个小小的包裹塞在我身边："马上让你儿子吸乳头！促进下奶。"

孩子贴在我身边，并不肯张嘴吸乳头。他在呼呼大睡。孩子，在妈妈肚子里睡了那么久，还没睡够吗？我满心里的温柔，仔

细地看着他。刚出生的孩子实在不好看，他又小又黑，黑里泛着红，红里透着黄，简直是一塌糊涂。头挤得扁扁的，稀拉拉的头发湿成一小绺一小绺，脸上的汗毛比头发还长。以前怀孕那时候灰小叔曾半开玩笑地提醒我："生完孩子，无论多疼多累，都得仔细地看他一眼啊！省得以后抱错了。"但现在，这孩子一到我怀里我就知道没抱错，遗传的力量是不可抗拒的：他那虽然淡淡但是却高高扬起的眉毛，活脱脱是灰相公的翻版！他的眼睛还没有睁开，看着倒挺长，上下都是横肉。鼻子很塌，嘴极小，下巴上有一个深深的小涡。耳朵挺大，耳廓折在一起。头顶的卤门清晰可辨。他长大了会是什么样子？这样的一个小婴儿，又是这样活生生的一个人！真不敢相信是我把他生出来的！我满心里的温柔，仔细地看着他。

　　这时候已经将近上午八点钟，天色已经大亮，清晨的阳光微茫，从窗口丝丝地射进来。这是一九九七年的最后一天，也是我的儿子人生在世的第一天。望着窗外马路上车来人往的喧哗，我心中异常地宁静。我知道我会永远记住这一刻，这真是我生命中最幸福的时光。

一九九八年四月十二日·三个月

　　今天第一次听到宝宝响亮的笑声！爷爷拍他的小屁股逗他玩，他咯咯咯地笑个不停！我高兴得鼓掌大叫，把宝宝吓了一跳。真是高兴啊！宝宝的笑声真是动听。像《铁臂阿童木》中有云："这种笑声比小天使还要纯真。"

　　宝宝前一阵子不大讲话，大家还很担心；这几天东山再起，有人没人都喋喋不休。发的还是那几个音：哥，克，哦，喝，啊，呜，但腔调丰富得多了，拖长声，发颤音，煞有介事的样子，真是可爱。宝宝这些日子皮肤也白嫩多了，基本不见疹子，这一来显得眉清目秀，精神抖擞，加之胖头胖脑，使我每一次看他都忍不住亲一亲。他像知道我爱他，一见我就笑，笑得要融化了的小样子，要多灿烂就有多灿烂。我常常想：都说小孩三岁左右最可爱，我看现在就够可爱了，我很满足了，真不敢奢望以后的惊喜。我是一点都不盼他长大，我珍惜现在的每一天，每一个时刻，我把他的每一个表情都看到我心深处去，这个小小的婴儿，是如此温柔地丰富了我的生命。

一九九八年五月十六日·四个月

宝宝今天第一次发出"妈"的声音，当然是无意识的，但也把我高兴够呛，没口子地答应。

宝宝的本事是越来越大了，不但能躺着吃脚，现在居然还会趴着吃手了，把他能耐的！但是不知为什么他在趴着的时候只要一笑就会栽倒，像是笑这一下用尽了全身的力气，支撑不住大头的重量似的。偏偏他又那么爱笑，结果一下一下猛磕头，我都替他累得慌。

给宝宝称体重，十九斤半。

宝宝现在吃饭简直像开满汉全席一样复杂。以晚餐为例：要先将奶瓶内凉开水倒至120毫升，加入60毫升开水至180毫升，加六勺25克奶粉摇匀；在小碗里盛两大勺17克米粉，加入60毫升开水，泡30秒，搅一分钟，至浆糊状，兑入奶瓶，总量近270毫升，拼命摇匀，至适当温度，开喂。午餐和早餐量少，只兑120毫升即可。每天7：30一顿，12：00一顿，5：00一顿，9：00一顿。早晚各吃一次母乳。间中，喝白开水，果汁，吃苹果，西红柿，草莓，白兰瓜，洋香瓜，西瓜，橙子，芒果，蛋黄……

一九九八年六月八日·五个月

　　无意中发现宝宝下牙床的鼓包上有小白点，非常振奋，捏着宝宝的小下巴仔细地看。宝宝很不高兴，不肯配合，舌头使劲地挡住牙床，但终于被我看清楚了：宝宝长牙了！两只小牙尖已经冒出来了！太棒了！书上说最快四个月、最慢十个月才长牙，咱们宝宝五个月刚过就长牙了，还是不缺钙！爷爷奶奶也很高兴，拿小匙探进去一敲，当当响，哗！

一九九八年十一月十日·十个月

今天是伟大的日子，宝宝迈出人生第一步！

——下班回家来，爷爷说宝宝会走了，今天白天他正正经经地走了一步呢，然后就让宝宝表演给我看。爷爷把宝宝立在地上，退后几步伸手护着；宝宝举起小脚，一步，两步，三步，摇摇晃晃地扑进爷爷的怀里去，笑得眼睛鼻子全都挤在一起。哇哈！何止是一步啊，这不是真的会走了吗！我和爷爷都很兴奋，反复地要宝宝走来看，宝宝基本上都能顺利地走下来，差不多能走三、四步的样子。看来他自己也觉得是个伟大的进步，不停地笑，开心得不得了。这个小东西！才十个月出头呢！真有他的！

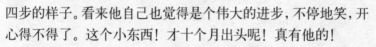

爷爷说宝宝太可怜了，应时罩衫只有一件，整天洗完了烘干再穿的。我昨天花八块钱买了一米绒布，给宝宝缝制了一件背穿衣，自我感觉良好，尤其是袖子上得有水平，还镶了丝边，穿上之后煞有介事。但大家看来不喜欢，说把宝宝打扮得像个小姑娘，还有乡气。不管怎么样我是很满意的。

一九九八年十二月十二日·十一个月

灰小叔得意洋洋地问我:"你知道英语'萝卜'怎么说吗?叫你儿子教你吧!"他把宝宝抱过来,指着识字卡问:"哪个是radish?"宝宝很认真地看了看,伸出小胖指头点一点那幅大萝卜。又问:"哪个是apple?"宝宝伸手点一点苹果。哗!不得了了!宝宝懂英语了!英国小孩未满周岁时也不见得知道哪个是"radish"吧?我马上跑出去向爷爷奶奶好一通吹嘘。

宝宝体重并无增长,仍是二十五六斤。当然看起来也没有瘦下去。身高好像长了,但总量不准,差不多是还是80厘米的样子。

一九九八年十二月三十一日·周岁生日

早上醒来是7：15分，去年此时正是宝宝呱呱坠地的时刻，忙给家里打了个电话，想听听宝宝的声音。爷爷怕宝宝着凉，没把他抱出来，但我也能够想象出他一定正在房间里大喊大叫。宝宝一生下来就叫得异常响亮，让当时躺在产床上的我心里很安慰。但愿宝宝这一生都活得如此开朗，豁亮。一年的时间艰苦地挺过去了，回首看来也是恍如一梦，不过这无论是对我还是对宝宝都是不同寻常的一年。看一看未卜的一生，年复一年，年年不同，宝宝将要遇到的欢笑与眼泪还不知有多少，我愿我都有机会与宝宝分担。

下午散会赶了回家，姥姥和姥爷也来了，大家济济一堂，为宝宝过生日。宝宝穿着爷爷奶奶送的小衣衫，抱着姥姥姥爷送的大毛熊，正在兴奋地表演。按旧俗过周岁是要大排盛筵的，我们就不管那个规矩了，但仍是寿桃和蛋糕齐上，灯火与彩烛共燃，东西合璧，老少同欢，高唱生日歌，大吃长寿面。宝宝对这些新玩意非常好奇，用小手指挖挖这，挖挖那，又想掀桌子，又想捏烛火，但终于因为太小，只能眼睁睁地看着大家吃自己的美味大蛋糕。

给宝宝举行了隆重的"抓周"仪式：我和灰小叔搜刮了家里能找到的所有带有职业寓意的物件，摆得满床，让宝宝去抓，大

如画人生

家围拢观赏。宝宝先一把抓起《黑镜头》来看，大家齐呼："要做政治家了。"然后宝宝又抓起小铜钟，在眼前摇呀摇呀的听声响。大家齐呼："要做和尚了。"然后宝宝又抓起油画笔，做了画家，并且用画笔在《黑镜头》上划来划去，表现出感性与理性相结合的完美思维。灰小叔用香烟盒引诱宝宝，宝宝看了一眼就丢开去；对递到手中的钱箱子和注射器，也爱搭不理。他不知为什么对那本《黑镜头》和那支什么名堂也没有的秃笔特别感兴趣，反复地翻看，抓着不放，挥来挥去，不愧出身于书香门第，看来又是一代知识分子。

这美妙生日的又一个小高潮是宝宝居然无师自通地叫起"妈妈"来，叫了一声又一声，又叫"爸爸"，发音准确，字正腔圆，给了我一个大惊喜。我抱着宝宝亲了又亲，但因为自己感冒严重，被大家毫不留情地撵走。宝宝瞪着小眼送我出门，双臂舞得像风车一样，表示欢送。直到我穿得胀鼓鼓地走出去，依然听到宝宝在背后大叫："——妈！——妈！——妈妈妈！"

宝宝。宝宝。宝——宝。

一九九九年三月十八日·一岁零两个月

　　早上教宝宝说"爸"，宝宝看着我的嘴，应声答道："爸！"真把我惊喜死了。接着要他叫"妈"，"奶奶"，"啊"，"噢"，"咿"，也都照叫不误。真的是会讲话了啊！

　　看电视，一个傻乎乎的情景喜剧，英达教蔡明英语，光教一个"A"就用了快半小时，宝宝在一边跟着起劲："哎！哎！"妈说："看咱都会了。"我蹲下来教他："O"，他笑嘻嘻地跟着叫："噢"。我很兴奋，又教他叫"E"，他磨蹭了一会儿，也叫出来了，小脸上满是得意的表情，像是知道自己又进步了似的。

一九九九年八月一日·一岁零七个月

看电视上的猫头鹰，宝宝居然认出来了，指着大叫："猫头鹰！""猫头鹰！"真是不简单，要知道书上画的猫头鹰总是和实物有一定距离的。

宝宝这些日子洗澡玩上了瘾，不肯让你擦洗，也不肯出来，只顾拿着小茶杯倒来倒去，还会指挥人："妈妈倒"，再倒回来："倒妈妈"。看着倒出来的水顺着盆边流下来，指着说："牛（流）！"又故意倒到盆边上去，专心地看，说："牛！"

宝宝"你""我"不分，一直以为"你"是指他自己。要什么东西时就说"给你！"书上说这对许多小孩都是个难关。今天他又叫"给你"，我说："到底是'给我'还是'给你'？"宝宝眨眨眼睛："给宝宝。"

抱宝宝出去玩，回来路上我很累了，问宝宝："自己走好不好？"宝宝说："不自己走，妈妈抱。"我哭笑不得。这是第一次听他说出两句意思连贯的话。

一九九九年八月三十一日·一岁零八个月

早上爷爷抱宝宝出去玩，见到同事刘某，于是教宝宝："叫刘爷爷。"宝宝专注地看了看刘某富态的身材，叫道："大肚子爷爷！"爷爷很尴尬："什么大肚子爷爷，是刘爷爷。"

给宝宝讲故事，他现在最爱听《丑小鸭》，很投入地跟着我一起讲。讲到丑小鸭离家出走，我指着丑小鸭的眼睛说："怎么了？"宝宝用非常悲伤的语气说："流哈拉子了。"我忍笑忍得险些噎死，又问："为什么流哈拉子了？"宝宝又悲伤地说了一句："哭了。"我只好反复地跟他解释，流哈拉子是饿了，流眼泪才是哭了。

不过，这是第一次见他懂得故事的感情色彩，已经很不简单了。

一九九九年十二月三十一日·两周岁生日

　　宝宝两周岁生日，一早为自己大唱生日歌："祝你生日，快乐！！！祝你生日，快乐！！！"爷爷问："今天谁是小寿星呀？"宝宝得意地回答："天天是小臭星。"

　　拿小画书给宝宝讲，问宝宝那小猫手里抱的救生圈是什么，宝宝认真地看了一下："灌肠。"我笑不可抑：那救生圈画得圆滚滚地，还涂成红色，确实很像灌肠。我说："灌肠是长长的，这个圆圆的是救生圈。"晚上洗澡时，宝宝就喋喋不休地讲开了："妈妈问是什么东西？天说是灌肠，妈妈说：是救生圈！"一口气说完，得意地笑，再讲一遍："妈妈问是什么东西？天说是灌肠，妈妈说：是救生圈！妈妈问是什么东西？天说是灌肠，妈妈说：是救生圈！妈妈问是什么东西？天说是灌肠，妈妈说：是救生圈！……"

我摔大老虎！

别摔了，把大老虎的屁股都摔坏了。

大老虎的屁股没摔坏，就是有点红。

天，不许往床上画。

别说他，别吓着孩子！

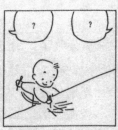

？　？

！　！

不吓不吓

来，睡过叔叔？

叔叔洗完澡了，来跟叔叔玩呀！

叔叔你……你怎么把头发洗没了呢？！

务说

不说！

算了吧，他不肯说。再见。

我要跟爸爸说话！

爸爸我要驴啦——

二〇〇〇年一月八日·两岁零一个月

　　灰相公回家探亲，我们一家三口挤在同一张床上睡。夜里宝宝毫不客气地继续翻跟头打把式，把我和灰相公都挤在大床一角。早上宝宝一直睡到七点钟才醒，心情极为愉快，睁开眼睛就甜蜜地笑。我和灰相公凑在旁边欣赏他那可爱的小脸。灰相公自打我怀孕就背井离乡，这么多年来我们一家三口还从来没机会这么亲密过呢。幸福的感觉使灰相公做出了一个细微的举动，宝宝马上就发现了："爸爸怎么亲了妈妈一下呢！"

　　晚上陪宝宝疯玩，宝宝是越疯越高兴，尤其喜欢蹦跳攀爬的游戏，充分体现出男孩子的特征。然而咱家宝宝粗中有细，玩耍之中忽然一把抓住了我烫过的头发，研究一番后问我："妈妈的头发怎么弯弯的呢！"又加一句："妈妈的头发怎么像小羊一样弯弯的呢？"小羊？我知道他指的是羊角。

妈妈回来啦!

今天我去打针了.

打针真痛!

我就哭了一下,然后就没声了.

我不洗脸!我不洗手!

我不洗呀!就不洗!

救命呀——

还没拿香皂呢这怎么就开始了呢?

把孩子领到森林里丢了..

宝宝妈妈是好妈妈还是坏妈妈?

不坏,哪儿能是坏妈妈呢!

弄坏了怎么办?

弄坏了就弄坏了呗.

这个臭屁孩,胆儿肥了你.

妈妈怎么肥我呢!

二〇〇〇年五月十六日·两岁零四个月

下班回家路上，大老远地就看到宝宝张着双臂飞奔过来，还大叫着："小燕子又来了！"冲到我怀里抱住我，大头紧紧埋在我的肩膀上。这一时刻简直成为我一天中最大的快乐与盼望。

晚上哄宝宝睡觉，忽然窗外轰轰作响，宝宝吓得一下子蹿到我怀里。原来是附近的学校艺术节开幕式放焰火。我觉得机会难得，干脆抱他到窗台上观赏。宝宝大开眼界，兴奋地手舞足蹈，咯咯地笑。我也笑着低头看他。夜色中他的眼睛圆圆，瞳仁黑亮，小额头闪着明澄的光芒，这真的是一个天使的模样。空中礼花绚烂地绽开，宝宝喃喃说："妈妈你看多亮呀。都闪到月亮上去了。"

我知道我不会忘记这一刻的温馨时光。

二〇〇〇年八月八日·两岁零七个月

下班回来，爷爷向我展示宝宝的新本领，问宝宝："月亮里有谁呀？"宝宝说："有小白兔，还有企鹅。""不是企鹅，是什么娥来着？"宝宝认真地想了想："……蛇娥！""不对，是嫦……？"这下他恍然大悟了："是长蛇和白兔！"

跟宝宝一起看《小鹿斑比》，宝宝喋喋不休地发表评论："下雨了，小鹿害怕了……下雨我可不怕。爷爷带我去雨里玩了。我脚上穿着棉鞋，头上戴着帽子，身上穿着棉袄。……小鹿长大了，我也很快就长大了，等我长大了也长大角。"我笑起来，宝宝回头看看我，认真地说："我现在头上长的是耳朵，等我长大了就长角了。"

二〇〇一年二月八日·三岁零一个月

姥姥给宝宝讲乌鸦和狐狸的故事——就是狐狸骗正在吃肉的乌鸦唱歌，结果乌鸦一开口肉就掉下来，被狐狸抢跑的那一则——宝宝很感兴趣，照例要姥姥和他一起演出此剧。宝宝要当乌鸦，爬在床上作嘴叼大肉状；姥姥装作狐狸，说："乌鸦呀乌鸦，你唱歌最好听了，给我唱一首好不好呀？"只听宝宝嘴里叽叽作声，道："我先把肉吃了，然后就给你唱歌！"

给宝宝讲《101忠狗》的画书，宝宝指着书上的图画说："这不是斑点狗吗？怎么叫忠狗呢？"我解释道："这里的忠，就是好的意思。"宝宝马上笑嘻嘻地拍拍小胸脯："我是一个忠宝宝！"

二○○一年五月二十三日·三岁零四个月

早上宝宝六点多钟就醒来，在床上翻翻滚滚。不一会儿，凑到我脸前问："妈妈，你醒了没有？"我睡意朦胧地回答："妈妈还想睡会儿。"然后我感觉到两只小胳膊搂住了我的脖子，耳边听到稚嫩的歌声："睡吧，睡吧，我亲爱的妈妈。于天鸿的双手，紧紧抱着你。一束百合，一束玫瑰，等你醒来，于天鸿全给你。"我再困也忍不住大笑，爬起来狠狠亲他一下。

给宝宝买了一套磁性飞行棋，回家跟宝宝对弈。结果宝宝对繁复的游戏规则很不耐烦，总是一下子就把棋子从起点飞到终点。后来倒是对棋子的磁性产生了兴趣，拿着两枚棋子不断地对来对去："妈妈，为什么有的能吸在一起，有的互相推呢？"我说："这你得去问爷爷。"这个问题可问正了身为物理学教授的爷爷的老本行，爷爷当即拿出纸笔来给宝宝画示意图："磁铁有N、S两极，当N极和N极放在一起时……"我在旁边大笑：这赶上带研究生了。谁知宝宝听得非常认真，然后就能拿着图纸给我讲："磁铁两头一个是N，一个是S！一旦（他还会用'一旦'）N和N在一起就互相推，S和S在一起也互相推，N和S在一起就吸住了！"爷爷老怀大慰，接着就让宝宝再解释一下以前教过的关于为什么先看到闪电后听到雷声的道理。宝宝显然是把今天的新知识和老知识混在一起了，绘声绘色地说："如果两块云彩遇到了一起，一个是正极，一个是负极，那么，那么……就吸在一起了！就不会爆炸了！

二〇〇一年五月三十一日·三岁零五个月

宝宝身高 105 厘米，体重 36 斤。

宝宝说："妈妈你看我是不是又长个儿了？我都长多高了呀！"自己得意地想了一会，大声说："我要把天都顶破！"又畅想道："妈妈你看我多高啊，把天都顶破了。我都得捂着头啊，玻璃碴子噼哩啪啦往下掉。"我失笑："为什么把天顶破了要掉玻璃碴子呢？你以为天是什么做的？"宝宝想了一想，很没把握地说："天是铁做的。"见我摇头，赶紧改口道："是木头做的。"见我还摇头，问道："那你说天是什么做的？"这可还真不好回答，我认真地想了想，说："天是气做的。"宝宝恍然大悟："天是气做的啊！那我要把天顶出冒烟来！"

下班回家，宝宝问我："你知道为什么微波炉一通电就会热吗？"诸位看官，你说为什么微波炉一通电就会热？我还真说不清楚。我易守为攻："你知道吗？"宝宝得意地说："我知道，我已经问爷爷了。因为电能转化成热能呗！这就叫焦耳效应。"我倒！

二○○一年八月二十五日 · 三岁零七个月

晚上给宝宝讲《西游记》："……黄袍怪就对百花羞公主说：'好好，我不去追唐僧就是！'……"宝宝瞪着小眼看着我："这个妖怪好像很好的样子！""不是妖怪好，是他喜欢公主，所以听公主的话。""他喜欢公主怎么还把公主抓到山洞里去呢？""因为他把公主抓来才能和公主结婚呀。""为什么不能在宝象国里结婚呢？""因为公主不喜欢他呀！""为什么公主不喜欢他呢？""他长得丑啊！他是个妖怪啊！你会喜欢一个妖怪吗？"宝宝笑了："不喜欢。"我以为这场刨根问底告一段落了，于是接着讲道："……然后黄袍怪就回到洞里……"宝宝插言道："妈妈，为什么妖怪喜欢公主就要和公主结婚呢？"看来还真得费一番口舌，我解释道："结婚了才能在一起生活呀！"宝宝开始想心事："那我和谁结婚呢？""等你长大了遇到你喜欢的小姑娘，她也喜欢你，你就可以和她结婚了。"宝宝坐起来，笑吟吟地说："妈妈，我都知道，是要和不一样的人结婚，一个是男人一个是女人才能结婚。我长大了要和你结婚。"我张口结舌："不，你不能和妈妈结婚。宝宝是不能和妈妈结婚的。"宝宝的小脸拉长了："可是我就喜欢你呀，所以我就想和你结婚呀，我不想和别人结婚。"我没法给他解释血缘关系这回事，于是笑道："宝宝，人都是要和自己年纪差不多的人结婚的，妈妈比你大这么多，等你长大了妈妈都老了，都像奶奶那么老了，哪还能和你结婚。"宝宝的脸色越来越难看："我怎么还不长大呀，我现在就要和你结婚。"忽然迸出一声："我不喜欢你变老！"随即扑进我的怀里放声痛哭。

一时间我感到人生充满悲哀，真想和宝宝一起抱头大哭一场，但是还是拍着他的小脊背哄道："好好，妈妈努力不变老，妈妈好好吃饭，好好锻炼身体，争取不变老。"宝宝眼泪汪汪地抬起头来："锻炼身体就不会变老吗？""……应该就不会吧。""那奶奶为什么变老了呢？""……奶奶……奶奶可能锻炼得不够吧。"我又觉得这么说对奶奶不太公平，又小心翼翼地解释道："其实变老也没什么不好，人都是要变老的，只要身体健康，变老了也没关系的……"宝宝的大泪珠又落下来了："可是我喜欢妈妈，我不想让你变老……"眼看哭声又起，我慌忙安慰他："好，妈妈保证不变老！妈妈永远都这么年轻，永远陪着宝宝，永远不离开宝宝。"又东拉西扯地讲了一大堆高兴的事，终于逗得宝宝破涕为笑，愉快地哼着歌入睡了。

　　但是我的情绪可没他这么容易转变，关于时光和生命的感触充塞我的头脑，整整一晚我都在做着哀伤而绝望的梦，有时是寻觅，有时是逃亡，有时是看着别人上演生离死别。最清晰的一幕是我来到小时候去过的托儿所，那里已经变成一条滔滔大河，河上有许多人正在嬉戏，有程纪和程哲，乌蕊和乌涛，小红和小胖，有刚上小学的佳琳，还有陈宁和她的男朋友。他们玩着笑着，偶尔向我投过茫然的一眼。大河匆匆流去，河面荷花盛开，而我一直在河的这一边掩面哭泣。

二〇〇一年九月十一日·三岁零八个月

宝宝抱着大熊娃娃去吓唬爷爷，爷爷夸张地说："唉呀，大黑熊来啦，可把我吓坏啦！"宝宝从大黑熊肚子底下钻出来，振振有词道："爷爷，我不是大黑熊，我是天天。我就是拿大黑熊来吓唬吓唬你。这就叫'狐假虎威'。"

宝宝从幼儿园学来新歌："大拇哥，二拇弟，三中央，四小弟。五六六，七看戏。手心，手背，心肝宝贝。"这首歌的歌词不知所云，曲调也是怪怪的，想必是宝宝学错了。宝宝声嘶力竭地唱完，问我什么叫"心肝宝贝"，我抱起他说，"心肝宝贝"就是特别特别好的宝贝，比如说于天鸿就是妈妈的心肝宝贝。宝宝很开心，搂着我的脖子要亲我一下，还非得亲我的嘴不可，然后将大头靠在我的肩膀上说："最喜欢妈妈。"灰小叔呕吐着走开了。

讲《西游记》，宝宝问我为什么孙悟空又叫齐天大圣。我说那是他的外号，然后问他红孩儿的外号叫什么，他果真记得，说："叫火云大王。"我说："你看，这个外号一听就像个妖怪。后来他做了观音菩萨的徒弟，就改叫善财童子了，这一听就像个乖小孩。"宝宝马上问："那于天鸿听起来像妖怪还是像乖小孩？"我连忙奉承："当然像个乖小孩。"宝宝很满意，自言自语道："于天鸿。一听就像个心肝宝贝似的。"

睡觉前宝宝又和我玩起搭救乌鸡国王的游戏，咕咚一声躺在床上装死，我只好陪着他玩下去，大声哭起来："宝宝死了！呜呜呜呜呜！"宝宝忍不住了，闭着眼睛说："快找药给我吃啊！"我连忙应着，自言自语道："我该找什么药给宝宝吃呢？"宝宝说："九转还魂丹！""啊，谁有九转还魂丹啊？""太上老君！""太上老君住在哪儿呢？"宝宝仍然闭着眼睛，沉默了一会儿，说："自己想。"我知他是想不起来了，故意说："我想不起来了

啊。快告诉我啊。"宝宝不作声。几遍问过，宝宝开腔道："我死了不能说话！"

我笑得半死，差不点要去兜率宫拿药给自己吃了。

二○○一年十一月五日·三岁零十个月

洗脸的时候宝宝问我："你为什么给我倒温水洗脸，不倒特别烫的水呢？"我说："因为我怕把你烫着呗。""你为什么怕把我烫着呢？"他这么问你就是想听你表扬了，于是我顺杆爬上去："因为我喜欢你呗。"于是他明知故问："你为什么喜欢我呢？"于是我轻拍小马屁："因为你好呗。"宝宝对这个回答很满意，笑道："对呀，你要是把我烫死了，还上哪儿去找这么听话的宝宝啊！"家里人全都吐晕了。

爷爷给宝宝念童话书："……乌龟说：'兔老兄，你这么说可就不对了……'"宝宝赶紧插言："什么叫'兔老兄'啊？"爷爷解释道："'老兄'就是哥哥的意思。'兔老兄'就是'兔哥哥'，就像爸爸是叔叔的哥哥一样。"宝宝举一反三："那叔叔就应该管爸爸叫'爸老兄'，对吧？"

宝宝要叔叔给讲解他刚刚听来的新名词："什么叫'花招'？"叔叔说："就是想了个特别的办法的意思，就是说，宝宝想吃糖，但是大人不让吃，然后宝宝就耍了个花招……就耍了个花招……"叔叔动着脑筋想啊想啊，也没想出来该举个什么'花招'做例子，宝宝接口道："然后我就说：'其实我本来就不想吃！'是不是就是这个意思？"叔叔茅塞顿开，被教育了。

我给宝宝取了个外号叫"十万个为什么"。宝宝的为什么实在是太多了。不知是不是所有的小孩都这样，反正我的宝宝是逢事必问，每一问又牵出七八个小问，你每回答一个问题就会引出下面好几问，有些事问得简直没法回答，诸如"小鸡为什么不长手"。我往往答之曰："就是这样的。没有为什么。"时间长了宝宝也知道了，见我对他的问题瞠目，就自己回答："就是这样的，没有为什么，对不对？"

今天带他出门，坐车时他指着路上"天兴新家园"的牌子叫我看："那个天就是于天鸿的天！"这东西前几天已经指过一回了，那次因为他为人家叫了"我的'天'"而发脾气被我教育了，今天说完后马上补充："妈妈，我不是说他不能叫我的'天'，这个'天'是谁都可以用的，不是我一个人的'天'，我就是说这个'天'就是我名字里的'天'。"我对他的啰嗦总结道："碰巧就是正好了。"这又引发了关于"碰巧"的一连串为什么，我只好认真地解释给他听："碰巧就是正好了，比如说你想遇上什么，正好就遇上了，就是碰巧。"宝宝表示理解："我碰巧遇上了这个'天'。"我点头："可以这么说。"宝宝又发挥道："我碰巧遇上了一块大石头。"我说："这不能叫碰巧，因为大石头不是你想遇上的，你哪儿能想遇上大石头呢？这叫不巧。"说到这儿我就知道他一定又会让我解释什么叫"不巧"，果真如此，于是我解释道："不巧就是不想遇到什么偏偏遇到了。比如说：你走在街上，碰巧遇到了爸爸，不巧遇到了大灰狼。"宝宝高兴了，自动解说道："因为我是想遇到爸爸，不想遇到大灰狼，对不对？我哪儿能想到大灰狼呢！大灰狼吃我怎么办啊！我要是遇到大灰狼我就打110，警察叔叔就来抓大灰狼了。"这时候满车的人都在饶有兴味地看着他，我说："好了宝宝，不说话了。"宝宝静了一会儿，又大声说："妈妈，你知道不知道我已经是哥哥了？"我一不小心回答了一句："你怎么是哥哥了？"宝宝说："我现在是奶奶的哥哥了啊！"我连忙说："奶奶那是和你逗着玩的。"宝宝抗议了："不是逗着玩！是真的！奶奶可喜欢当我的弟弟了！奶奶每天都叫我：'哥哥！''哥哥！''哥哥！'"我尴尬地转向窗外："宝宝看！那边是不是有小鸟？！"

二〇〇一年十二月三十一日·四周岁生日

今天是12月31日,一年里的最后一天,也是宝宝的伟大生日。宝宝盼这个日子已经盼了很久了,最近更是一天一天地掰着指头数,因为"蛋糕太好吃了"。我问宝宝:"过生日有什么愿望?妈妈都可以帮你实现哦。"宝宝说:"我就想吃蛋糕。"我说:"那没问题,说点别的。"宝宝笑道:"没有了。我可没有那么多愿望。"不过大家还是要帮他制造愿望的,于是每个人都送了他礼物,包括远在日本的爸爸,都寄了一箱子玩具来。宝宝非常欢喜,又蹦又跳又唱歌,不断地到镜子前面照照看自己是不是又长大了。

我也已经满29岁了,我也没有太多的愿望,我愿宝宝永远都这么幸福快乐。

二〇〇二年四月二日·四岁零三个月

给宝宝买玩具真是很伤脑筋的事情，拼图，积木，娃娃，枪，车，毛绒玩具都不行，一向只有特别复杂的看不懂的东西才能引起他的兴趣。今天去商店，遇上一套物理积木玩具，看起来很复杂的样子，连忙买下来。灰小叔见了几乎笑死："你真以为你儿子是神童啊？初中生也玩不了这个啊！"……结果，哼哼，宝宝以行动证明他老妈的选择是绝对正确的：他竟然在爷爷的指导下，硬是用一个下午时间弄懂了说明书，而且马上就会自己安装防盗警铃了！！！

宝宝对某事很好奇，追着我一个劲儿地问。我敷衍地回答："你告诉我一个秘密，我就告诉你这个秘密。"宝宝似乎没有正确理解"秘密"这个词的含义，想了想，很认真地凑到我耳边，说："妈妈，我告诉你一个别人都不能看的秘密：小鸡鸡。"

宝宝老是念叨着要和妈妈结婚，要和奶奶结婚，在他的小心灵里大概觉得只有和我们结婚才能永远在一起生活。今天晚上他不知怎么地顿悟了，懂事地对我说："我觉得我不能和奶奶结婚。"我笑道："对啊，为什么？"他说："我还没看过老太太结婚呢。"

二〇〇二年八月二十日·四岁零七个月

买了《精灵鼠小弟》的影碟，和宝宝坐在一起看。因为是英文原版，宝宝看不太懂，我一直在喋喋不休地做讲解。到鼠小弟被老鼠夫妻骗走一节，我讲得那叫一个声情并茂："小弟弟很不希望鼠小弟离开，可是怎么办？鼠小弟的爸爸妈妈来接他了呀！鼠小弟想不想走？他也不想走呀，他很喜欢小弟弟呀。可是没有办法，看，汽车把鼠小弟拉走了，鼠小弟还趴在窗户上望着小弟弟一家……"这时候宝宝揉了揉眼睛，我敏感地俯下身来看他：从来没带他看过完整的电影，是否时间太长了眼睛受不了了？宝宝偏过头去不让我看。我紧张地扒着他问："眼睛疼吗？怎么了？"宝宝转过身，满眼是泪，说："我不想鼠小弟走……"哇地大哭起来："我喜欢鼠小弟！呜呜呜呜……"

这是宝宝第一次被故事感动哭，伏在我怀里流了半天的眼泪。

二〇〇二年十月十五日 · 四岁零九个月

把国庆节参加活动时发的小红旗拿回家给宝宝。宝宝快活地叫道:"五星红旗!中国的国旗!"把国旗贴在小胸膛上:"我喜欢!"

研究了半天国旗,宝宝问我:"为什么国旗上有星星?"我没法跟他解释什么各个阶级大团结什么的,于是简单地回答:"因为中国人喜欢星星。"宝宝继续探讨:"为什么国旗是红色的?"我顺口答道:"是烈士的鲜血染红的。""噢。"宝宝不作声了。过了许久,宝宝终于忍不住又问:"你是说国旗上的红色是血染的?"看他的表情,我知道他害怕了,赶紧解释:"喔,不是,因为,因为红色是鲜血的颜色,所以国旗用了这种颜色,大家一看到国旗,就会想到为祖国流血受伤的英雄们。"宝宝似懂非懂地点着头,又问:"国旗都是红色的吗?""不是,也有蓝色的,绿色的,各种颜色的。""绿色是什么的颜色呢?""绿色嘛,是春天的颜色。""也是草的颜色。""对了。"这下子宝宝融会贯通了:"我知道,他们看到国旗就会想到爱护草坪。"

一直到晚上,宝宝关于国旗的问题仍然滔滔不绝:"英雄们流了血是不是就会死了?""有的死了,有的没死。""人死了到哪儿去了?""人死了就变成泥土了。"宝宝恍然大悟:"怪不得有这么多泥土。"……然后又充满希望地问道:"如果爸爸把医学学会了,我们就都能活啊活啊的不死,是吧?"我只好回答:"是。"

另一个问题是:"为什么国旗上的星星有大有小?"我耐心地回答:"这个大星星呢,其实就是共产党来的。这些小星星呢,就是咱们大伙儿。新中国呢,是共产党建立的,所以咱们大伙儿都围着共产党,听共产党的话。""共产党"这个词宝宝并不

陌生，在新闻里听过多遍，这回终于明白了共产党的来历，惊喜地说："原来共产党是国旗上的星星变的！"

二〇〇二年十二月二十日·四岁零十一个月

给宝宝讲《假话国奇遇记》，小香蕉给烧鸡画了十八条腿，我问宝宝："烧鸡应该是多少条腿？"宝宝很没把握地说："四条。""尽瞎说。猪才四条腿。"于是我给宝宝补课："什么动物两条腿？鸡。""什么动物四条腿？猪。牛。""什么动物六条腿？蜜蜂。""什么动物八条腿？……"这个宝宝知道，抢答："螃蟹。""什么动物一大排腿？"宝宝答不上来，胡乱说道："骆驼。"我笑："骆驼是四条腿。"宝宝立刻纠正道："一大排骆驼。"

为了保护牙齿，一般不给宝宝吃糖。今天拿了一块给宝宝吃，宝宝吃得仔细极了，用一种极其幸福的表情把糖块咽下肚去。吃完了之后看到桌上掉了一个渣儿，叫道："糖渣儿！"立即拾起来吃掉，一边吃一边喃喃自语："太馋了。"

宝宝发明了一个游戏：将复读机命名为"万能复读机"，到处给人解答问题。缠到奶奶，奶奶说："复读机啊复读机，我有一个小孙子，特别淘气，不太听话，你说该怎么办？"宝宝装模作样地把复读机贴在耳朵上听了听，凑近奶奶说："奶奶，复读机说了：你就是揍轻了，你要狠狠地揍才行。"

看电视上出谜语："麻屋子，粉帐子，里面睡个白胖子。"说给宝宝听，宝宝想了一想就猜出来了："花生。"我很高兴，说："宝宝猜得真好！"宝宝很受鼓舞，四顾周围，看了看桌上的东西，说："妈妈，我给你也出个谜语！"然后朗声吟道："'有一个卡，很像游戏卡，两片卡包着它，就像一个大包子。里面有很多好游戏，一看就知道很好玩！'……你猜猜是什么？"我瞪着他："不知道。"宝宝很开心："妈妈我告诉你吧：就是游戏卡。"

二〇〇四年四月二十三日·六岁零三个月

　　结束了十个月的学习,从美国归来。宝宝跟叔叔小姨一起去机场接我,"妈妈妈妈"喊得全市都听见了。我一出闸口,他立刻飞扑过来,整个人跃进我怀里,大头紧紧贴在我的肩膀上。回到家里,吃饭的时候,他坐在我旁边看着我笑,在没人的时候,悄声对我说:"妈妈,这些日子我每天晚上都梦见你回来。"我告诉他:"这些日子妈妈也是每天晚上都梦见你。"晚上我和他一起睡,小家伙高兴极了,听我拿着给他买的新书讲故事。黑暗中只见他咧着小嘴巴,连牙齿上都是笑意。

　　等他睡熟后我拿出奶奶交给我的一个本子在灯下翻看。这是她去年某次打扫房间时翻到的,一本废弃的便笺纸。不知道什么时候,宝宝自己在上面写了一段话,夹杂着许多拼音。这个本子他一直藏着,没有给任何人看:

　　妈妈我很想念你

　　我不会忘记你

　　我现在上一年级了

　　期末考试了。

　　给妈妈的话

　　我问你几个问题

　　你哪时候回来?

　　你现在怎样?

　　你现在在哪?

　　……我不知道这孩子,这仅有六岁的孩子为什么会有如此心思,我一直以为他什么都不懂,一直以为他根本不可能懂,一直不希望,让他这么早就明白了什么叫做别离,什么叫做思念,

什么叫做伤悲。我俯下身来望着熟睡中的他，他依然像婴儿时候那样趴在枕头上睡，嘴唇翘得像小小的花朵，一只小手，拉住我的手臂，紧紧揽在自己怀里。

二〇〇四年六月三日·六岁零五个月

"记得咱俩谈恋爱的时候也从这里经过，一晃儿这么多年过去，中间多了这么大一个孩子了……"走在街上，灰相公跟我喁喁细语。

宝宝听在耳里，记在心上，想必觉得这个词儿挺过瘾的，回家后立即活学活用："作业做完了，现在我要跟妈妈谈恋爱去。"

早上六点钟，宝宝醒来，我也不情不愿地跟着还魂，吊在灰相公的脖子上哀叹没睡够。——每逢我与其他人有类似的亲热举止，宝宝例必挤过来推开对方，粘在我身上以行动表示"妈妈是我的"，这次也不例外。给他穿戴整齐后他跑出去吃饭，只听得爷爷在问："爸爸和妈妈大懒虫，怎么还不起床。"宝宝回答："他们在谈恋爱。"全家爆笑，我和灰相公不得不立即出去辟谣。

二〇〇四年六月十六日·六岁零五个月

　　一年一度的大型活动，疲惫不堪。折腾到午夜之后才回家睡觉，一早上四点多钟就被惊醒，原来是宝宝拱到我身边，两只小手搂住我的脖子。我将他扯下去，推在另一边睡，可是自己刚刚翻过身，他又扑上来从背后抱着我。我睡眼惺忪，烦躁不堪，又将他拎回去，他孜孜不倦地又拱过来……我咆哮道："躺回你自己的枕头上睡！！！！！"宝宝喃喃："这还不简单。"转身拖过自己的枕头，摞在我的枕头上，然后躺在自己的枕头上，仍然紧紧贴住我的脸。……只好由他。

　　应邀给人画画，日久手生，居然用水性签字笔打稿，结果颜色一上，立即氤成一张包公脸，急中生智用水粉盖住……宝宝趴在旁边看着我画，表扬与自我表扬相结合："妈妈真有本领，画得太好看了！……我画得也很好看！"然后发现了新大陆："妈妈，你用的毛笔是我送你的对不对？"我笑："对呀。"宝宝开心极了。——那还是在我回国的前几天，爷爷带宝宝上街，宝宝一定要去选件礼物送我，最后给我买了两支毛笔和一盒墨："妈妈爱画画嘛。"我很珍惜他这份小小心意，这次特地拿出来用给他看。

　　宝宝的一个同学揭发说："前几天学校广播表扬于天鸿了！"我问宝宝："真的吗？"宝宝漫不经心地说："真的。""为什么啊？""得了一个什么奖。""什么奖啊？""不记得了。"昨天宝宝同学的家长又揭发说："全校英语联考，他们班只有两个学生考满分，有你家于天鸿呢。"再问宝宝："是真的吗？"宝宝仍然漫不经心："是啊。""怎么不告诉家里呢。"宝宝不以为然："我每次考英语都是双A呢。"……同样是这个宝宝，数学考试一贯丢题落题，今天的考试中居然放下一半试题不答，在试卷边上画满了花朵。……🙂……花了整个晚上给宝宝讲解考试的重要性。

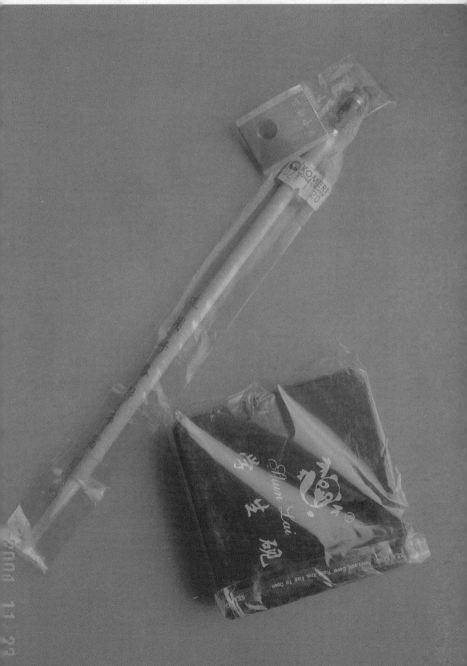

如画人生

二○○四年七月二日·六岁零六个月

局里组织活动，去"水上人间"游泳馆游泳，可以带家属。我将喜讯告诉宝宝，宝宝哼了一声，并没想象中那么开心，我疑惑地问："你不是刚刚学会游泳，很想去'水上人间'练练的宝答："可以去……你不会游泳。"我轻拍小马屁："妈妈想跟你学啊。"宝宝笑逐颜开，旋即又努力谦虚道："我游得也不怎么太好。"

庆宝宝泳装秀

的庆的画

2004.
0709.

来到"水上人间"，因为宝宝已经不可以随我一起进女更衣室，所以拜托同事孙生带他进去。孙生和我上次拜托的何生一样是未婚男青年，从来没带过孩子，搞到满头大汗，总算是顺利拉着宝宝走进了浴场。现在来看看我那"游得也不怎么太好"的宝宝：头戴五颜六色的泳帽，脸上挂只黄泳镜，围一条绿色毛巾，穿着黄色充气救生衣，红色救生袖套，蓝色泳裤，整个人武装到牙齿，活像一只花大姐儿。我抱着他进泳池，原来他是不会自己游进去的，要靠我把他的小身体摆摆平，才会借助一身的泳具漂起来；原来他游完了也不会自己站起来，要指手画脚地大叫"妈妈帮我立起来"……

二〇〇四年七月二十五日·六岁零六个月

　　去香港跑了一圈，百忙之中去书店看有什么好书，迎面见到我在台湾因为台币不够而忍痛割爱的《迪斯尼儿童英文词典》，这一回的版本配上了CD，贵了些，280港币。不管三七二十一地买下来。回家送给宝宝，宝宝非常开心，捧在手里孜孜不倦地查找自己学过的单词。我拿CD放给他听，结果却是英语和粤语对照，只听教师字正腔圆地读道："条条浮由奋高。"宝宝吃

惊地问我："他在说什么？"我只好回答："宝宝，这是广东话，他说的是'跳跳虎要睡觉。'"宝宝大乐："哈哈，'条条浮由奋高'！'条条浮由奋高'！你听你听，他还说'代呀百龙一牙'，那是什么意思？""那是'第一百零二页'……"照这样下去的话，估计宝宝英语还没学明白，先把粤语学会了。

宝宝对那本词典真是很喜欢，这几天遇到什么新的旧的单词都捧过词典来查，并对其中的国际音标产生了兴趣："妈妈，这是什么东西。"我简单给他讲了一下，他来劲了："妈妈，你教我国际音标好不好。""这个你现在不用学。""可是我想学啊。""我刚才不是教了几个了。""我要学全部的。""全部的很多，你记不住。""我记得住。"……拗不过他，我只好捧过词典来把整页的国际音标列表读给他听。这个小臭仔的记忆力还真是惊人，教了几遍之后就能够从头读到尾，发音准确，而且能够拼读单词了，连三个音节的生词都能自己读出来。这下子他的兴趣大发展，把个大词典从头至尾逐个单词地学将起来……真是服了他。

更可怕的还在第二天，这孩子竟然五点半就起床，自己开了台灯坐在桌前，我半梦半醒地惘然不知所以，结果听到他翻开词典，开始朗读："i，i：，e，a：……"

二〇〇四年八月二日·六岁零七个月

宝宝现在每晚自己洗淋浴，一家四个大人挤在卫生间门口观赏。昨天热水不稳定，忽冷忽热，宝宝被狠狠烫了一下子，一边忙不迭地扭开关一边喃喃自语："烫得我就剩下个灵魂了……"

奥运会开始了，今天是游泳比赛，爷爷对宝宝说："你也去参加比赛好不好，如果得了第一，可以给你妈妈赚一套大房子。"宝宝认真思索了一下，提问："我可以戴充气袖套吗？"

可能是天热火大的缘故吧，宝宝整天不停地揉鼻子，时时出鼻血。问题是他揉鼻子的方式还与众不同，是从下向上揉，大有揉成狮子鼻的趋势，而且屡教不改。昨天爷爷又批评他："你再这么揉鼻子就鼻孔朝天了，将来找不到对象儿。"宝宝回答："那还不简单，我找一个也是鼻孔朝天的对象儿不就得了。"

想象中……

未来灰宝宝与灰媳妇之想象图

二〇〇四年八月十八日 · 六岁零七个月

拿出一套在美国买的养"海猴"的工具送给宝宝，宝宝开心地说："看起来挺高级的哟！谢谢妈妈送给我这么好的礼物。"

那套工具是有卵有饲料的一个瓶子，灌上水就可以观察"海猴"的生长。我们决定从明天晚上开始一起来养。至于那"海猴"是什么东西，宝宝很好奇，拿着英文说明书追着我问。说明书上没有详细的图片，我左看右看搞不明白，答道："估计是一种虫子吧。"……吃完饭走过灰小叔的房间，见宝宝自己开了叔叔的电脑，正在看什么东西。我凑过去一看，大吃一惊："宝宝，这是什么东西？"宝宝头也不回地答道："海猴的图片。""你怎么找到的？""我上了海猴的网站呀。""你怎么知道海猴的网站？""说明书下面有网址呀。"……

睡觉的时候宝宝对我说："妈妈，我知道那套海猴的玩具你是花多少钱买的。是七块五对不对？"我瞪着眼睛看他："你又是怎么知道的？""我在海猴的网站上查到啦，那上面有卖。好多种呀。"我沉默了一下，懊丧地说："看来以后妈妈买东西要先向宝宝请示一下才好！妈妈是在商店里买的……花了八块呢！"

二〇〇四年九月六日·六岁零八个月

在家里用电脑写报告，宝宝挤过来坐在我腿上看。我随手用"画图"画了他的小像给他，宝宝很开心，抢过鼠标也要学着画，并且很快就学会了。以下是我画的宝宝和宝宝画的我：

和宝宝散步，宝宝要带滑板车去玩。天哪，我们家在七楼呀。我说："如果带滑板车，你要自己拿上拿下。"宝宝一口应承。于是接下来我走在后面，看着他自己扛着滑板车下楼，玩完了又自己扛上来，一只手垫在小肩膀上，一边小心地踩着楼梯一边大声说："忍住疼痛！忍住疼痛！……"

天凉了，一家三口出行，入夜风紧，我缠着灰相公放赖："我冷，把你的衣服脱给我。"一旁的宝宝应声道："妈妈，你穿我的衣服吧。"动手要除下小外套。我的老心，我的老心……

每天睡觉前给宝宝讲《汤姆索亚历险记》。昨晚讲到了道格拉斯寡妇，宝宝忙问："寡妇是什么意思？""寡妇就是死了丈夫的女人，一个人生活。"宝宝思考了一下："妈妈，你就是一个寡妇，对不对。"我大骂："爸爸还没死，妈妈怎么是寡妇。"宝宝坚定地说："可是你一直都是一个人生活！""那……那……那是不同的，妈妈这叫……总之妈妈不是寡妇。""那如果是女人死了，那个男人也叫寡妇吗？""男人叫鳏夫。"宝宝大感兴趣："原来都有名字啊。那么，那个死了的女人叫什么？""死了的女人能叫什么？叫死人。""不，我觉得应该叫……葬女。""为什么要叫葬女？"宝宝笑吟吟地说："葬礼上的女人嘛。"……

讲到鬼屋，宝宝说他的学校里也有一个："是放东西的地方，里面堆了很多大木头。好黑好黑，什么都看不清楚。太可怕了。"我说："黑屋子不一定就是鬼屋。""是鬼屋，一定有鬼。""为什

么？你见到了？""因为我爬在窗户上的时候，感觉到身体像飘起来了似的，好像有人在抓着我。""你爬在窗户上干嘛？""我们想进去啊。""谁们？""我和几个同学。""那窗户没玻璃的？""没有，钉着木板，木板中间有缝，他们都钻进去了。""你呢？""我没有。"我拍拍他："呵，这么乖啊，你为什么不钻进去？"宝宝难为情地回答："因为我的头太大，在缝里塞住了。"

于天鸿六岁半

二〇〇四年十一月十日·六岁零十个月

下班回家，宝宝又画了一张画送给我，除了例行的"I LOVE YOU"之外，还在身上画了一颗红心。我拿着仔细端详，一边感动着一边暗暗地想：看来需要找出灰相公的人体解剖图谱，给宝宝讲讲身体器官都应该在什么位置了。

宝宝的绘画水平……真是不敢恭维。这一张是"妈妈看报纸"，家里人都夸画得好，独我歪着嘴，对我灰的儿子画画画成这样深表失望。

宝宝和爷爷发生争论，爷爷说："……反正我没看见。"宝宝严肃地说："你没看见并不等于没有。你眼中的世界就是整个儿世界吗？！"

二〇〇四年十二月二日·六岁零十一个月

问宝宝："学校里冷不冷？"宝宝想了想，回答："教室里不冷。但是走在教室外面的时候……耳朵好像扒拉扒拉就会掉下来似的。"

《汤姆索亚历险记》讲完了。讲到汤姆和贝基在山洞里挨饿，分吃最后一块蛋糕的那段，由于我刚刚加班一天，没吃午饭，同病相怜，于是对汤姆和贝基的惨状大加渲染："宝宝你想想，几天没饭吃啊，一块小蛋糕两个人吃怎么够？再找不到出路的话，饿死了怎么办？"宝宝自己想着心事："妈妈，如果咱们俩遇到这样的事情，我保证你不会饿死。""为什么？"宝宝小声说："因为……因为我会把所有的东西都留给你吃。"

我的宝宝，这样的考验妈妈希望你一辈子都遇不着；这样的承诺，妈妈一辈子都忘不掉。

二〇〇四年十二月二十九日·七周岁生日

宝宝的生日随着新年一起来临了。但是我这些日子实在太

忙，实在太忙，连加了许多夜班，31日更是要留守到午夜过后，没有办法回家给宝宝过生日，所以，跟宝宝申请把生日提前两天，和我一起过。宝宝很开心地答应了："好啊！"然后略有些忧郁："那么……我就早了两天到七岁是吧。"我问："小孩子不是都喜欢快快长大吗？"宝宝说："我不喜欢。……不过我喜欢和妈妈一起过生日。"

29日其实也是草草过去，我勉勉强强地赶在晚饭前回了家，没有时间上街，送了宝宝一件一年前就买好的礼物：夜光拼图。宝宝照例送了我一张画着红心的美人图，照例狂亲了我一通，照例自己不耐烦去摆拼图，照例等我给他摆完后过来观赏。切蛋糕的时候大家都要宝宝许个愿望，宝宝笑道："我可没有什么愿望。我就是希望妈妈能早点回家。"……

2004年就这样过去了。对于新年，我的愿望倒是很多，我也希望能够过上更多正常的生活，更多地爱自己的老公和宝宝。我的宝宝在2004年的最后一天正满七岁，二年级，身高127厘米，体重53斤，掉了6颗乳牙，长上3颗，非常非常爱我，我也爱他。

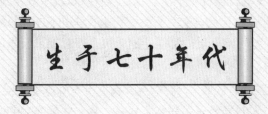

生于七十年代

妹　妹

妹妹生在1978年。最后一批有亲哥哥亲姐姐的中国儿童。她出生的时候我五岁，咬着手指在病房望着那个粉红色皱巴巴的小婴儿，觉得我分到了天底下最丑的妹妹。

她五岁的时候我十岁了，我觉得有妹妹真不好。因为有她，我领不到每月五元的独生子女费，身后总甩不掉那只粘乎乎的跟屁虫，好吃的好玩的都得让她先挑，吵起架来我永远是挨打的那一个。

她十五的时候我二十了。这时我觉得有妹妹挺不错。因为有她，每一天的喜怒哀乐都有人分享，每一件最隐秘的心事都有人倾听，有人在我的目光里一天天长高长大，还有人跟着我听我的话事事都崇拜我。

如今，她二十五，我三十了，我觉得有妹妹真是天下至大的幸福之一。因为有她，我很早就知道什么是爱护什么是责任，至今也不知道什么是寂寥什么是孤单，前半辈子的成长经历都与她共同拥有，后半辈子仍有这个最贴心最可靠的朋友陪我度过。

真高兴有你，我的妹妹。

春 节

春节快到了。人在异国他乡，这次是不能与家人团聚了，不过应该可以看到外籍华人如何欢度春节，还可以遥遥地细想以往，那些少年时每逢春节的欢乐日子。

少年时住在一个小县城，过年是老大的一个节日，要提前几个月精心筹备的。杀猪宰羊那是不用说了，每家还要蒸上几缸粘豆包——南方的朋友们不知有无吃过？小米面裹着豆馅，极粘的，极酸的，从缸里拿出来时冻得硬硬的，几乎可以拿来当炮弹……我一直觉得这东西远远谈不上好吃，但是它充满了"年"味儿，每次吃起它仍然是欢欣鼓舞。过年最好吃的东西还是糖，那时候平日里没有什么糖果可吃，过年的日子里却是去每家拜年都会有糖拿，一进门空气中都飘荡着甜香的味道……我的牙啊，我的老牙就是那个时候沦陷的。

最高兴的还是晚上出去赛灯。那时候家里普遍没有电视，更别提看春节晚会了，晚饭后小伙伴们呼朋唤友，提着自制的小灯笼走上街头，比比谁的美，谁的亮，谁的精致，谁的别具匠心。灯笼一般都是纸糊的，描着花纹，填着彩色，一支小蜡烛摇摇曳曳……最简陋的灯是玻璃罐头的，最豪华的灯是塑料壳的，不过塑料灯并不十分受欢迎，因为多半是买的而不是亲手做的。在那个物质贫乏的时代，自己动手是一件高尚的事，现在的朋友们，纵有此心，估计也没有这个闲情了。

夜已深，天气清冷，写到这里，望向窗外，星光比灯火更加灿烂。不知道我是在怀念春节，怀念家乡，怀念亲人，还是怀念过去了的日子，想来也不必区分，最重要的是，人生有这样温柔的怀念让我享受。

WANLIN
03.11.20.

黑牙秀

如果你认识了一位朋友，一口牙齿白里透着黑，黑里透着黄、黄里透着青，青里透着灰……无论面相是老还是年轻，他的实际年龄，十有八九，和我一样，是三十岁左右。

四环素牙，我们整整一代人的标志。

四环素是七十年代非常流行、公认效果显著的一种抗生素，医院里普遍应用。那个年代里，感冒发烧，身体炎症，去看医生时，多半会得到一包四环素药片。对于它的副作用，其实大家也不是一无所知，比如说我小时候去看病时，医生已经告诉我的父母，四环素很有效，但是有副作用，会伤害孩子的牙齿。但是，我们又有什么其他的选择呢，那时候有效的药品还不是很丰富，治病总比保护牙齿更重要吧。于是，和很多同龄人一样，我的病不见啦，换来一口灰黑色的四环素牙。

无论你长得多美丽，多英俊，张开嘴巴一口烂牙齿，总会给你减去不少分数。而四环素牙是一种从内到外的疾病，光靠刷牙是无法治愈的。这么多年来，我的许多朋友都为这口牙齿大伤脑筋，漂白，贴面，烤瓷，想方设法让它们恢复洁白面貌。实际上，真正有效的办法很少，更多时候，纵使外表上处理得比较像样，却是更深地伤害了牙齿的本质。

香港作家李碧华在文章中说："看一个地区的生活质素，要看居民的牙齿。"谢天谢地，我们那一个时代已经过去，如今的新人类中，四环素牙早已绝迹，孩子们大都是一口漂亮的白牙，偶尔有龋齿，家长们也都忙不迭地找医生根治。望着年轻的朋友们一个比一个亮丽的笑容，让我也张开我的大嘴巴，肆无忌惮地露出一排灰黑的大牙，为你们大笑三声，祝你们的生活，永远像你们的牙齿一样洁净而美丽。

WANLI
2003.12

105

永远记得·张国荣

　　记得那台破旧的砖头式录音机,按键会像暗器一样忽然弹跳到空中。记得那一盘盘听得稀烂的磁带,沙沙的杂音几乎要掩盖了歌声。记得街头小小的音像店,五毛钱可以任选一盘翻录,翻录榜上最受欢迎的,永远是那几位老牌的香港歌星。

　　记得初中的课间,活泼的男生大跳大唱:"Thanks, thanks, thanks, thanks, Monica!"记得高二那年,几个女同学结伴去看《倩女幽魂》,在黑暗的录像厅里一边心惊肉跳一边兴奋莫名。记得那个年代铺天盖地的明星贴纸,保张派和保谭派一边互骂一边忙着交流彼此的收藏。我们争论是《沉默是金》还是《由零开始》更动听,那时候还不知道这两首歌的作者都是歌手本人。

　　记得很快就上了大学,全寝室看了《霸王别姬》之后,连续几天都在谈论程蝶衣。记得画了一张《胭脂扣》的海报贴在床头,结果同学们以为我想入党想疯了,因为都以为画的是毛主席。记得挣来工资后,买的第一盘正版磁带是《宠爱》。记得和妹妹一起赖在书店看大屏幕上的"告别乐坛"演唱会,被那超乎想象的舞台风华惊得目瞪口呆。

　　记得我幸福地谈了恋爱结了婚,开玩笑说要用《为你钟情》代替《婚礼进行曲》。记得我抱着宝宝看电视转播,吃惊地望着他又为儿童癌症基金捐了一百万港币。记得工作之中偶有不顺,翻他的奋斗史想着他那屡遭挫折却永远开朗的笑容。记得在风雪中骑着自行车去看他的演唱会,发现以前看到的一切还都不够好,原来这个人的真人比银幕上荧屏上照片上还要美好更多。

　　抑郁症夺去了他的生命,夺不去他留给世间的美丽、绚烂、声色光影。让我就这样记得美好的一切吧,让我对这一切说一声多谢,多谢给我这样的精彩这样的享受,这样充满感动的青春岁月。

红五月

我已经不再是青年了。但是每逢五月四日，仍然下意识地想起这是一个重要的节日，想起中学时代，大学时代，每逢此时必有歌咏比赛，几乎每年的比赛都叫做"红五月"。

即便没有"五四"运动，五月也是应该属于青年人的日子。五月，在我生长的北方，春天似过非过，初夏即将到来，莺飞草长，大地复苏，万物都涌动着青春的色彩。"红五月"，是的，红五月，在这样的日子里，只要你有一颗年轻的心，似乎都能听见血液欢快地流动的声音。同学们会结伴去郊游，去踏青，骑着自行车在树林里飞驰，身后甩下一串串的歌声。

我记得那样的日子。那真是回荡着歌声的日子。那几年，每逢五月四日，所有的同学们都会穿上白衬衫，蓝裙或蓝裤，到学校去参加歌咏比赛。服装是简朴的，场地是狭小的，但是热忱的歌声补足一切，一曲曲《光荣啊，中国共青团》、《团结就是力量》、《歌唱祖国》、《长征组歌》……响彻整个礼堂。我记得那些歌曲带给我的激情。"我们是五月的花海，用青春拥抱时代；我们是初升的太阳，用生命点燃未来。……"直接的歌词，简单的旋律，不知是否由于时光的背景，如今每次唱来都使我心里充盈着青春的气息。

我已经不再是青年了。但是我希望自己，这份青春的热情永远不会改变。纵使有一天，我已经老得不能再老，当我唱起这样的歌，想起这样的伙伴，回忆这样的人生经历，但愿在我的心里，生命依然如阳光一般灿烂，如春风一般美好，如五月一般，火红火红。

取 暖

　　听说君迪已经搬到山东潍坊去了。但是潍坊还是太大，我找不到她。

　　君迪是我的初中同学，认识的时候我们都刚刚十几岁。大约每一个十几岁的女孩子都曾有过那种亲密无间的女朋友吧，同吃同玩，同来同往，恨不得分享生命中所有的一切，包括似懂非懂的爱与恨。君迪喜欢班里一位姓夏的男生，经常充满感情地跟我描述，那人的眼睛多么黑亮多么有神；而我对男生们不太感冒，一味迷恋翁美玲，拿每一张贴纸向君迪献宝，夸赞"俏黄蓉"的无尚美丽。不久，翁美玲离世，夏同学转校，剩下我和君迪每每在课余时间默然对坐……记得一个放学后的黄昏，夕阳挂在树梢上，我们背着书包向家里走，唱着"抛开世事断忧怨，相伴到天边"，眼泪齐刷刷地掉下来。

　　"少年不识愁滋味，爱上层楼，爱上层楼，为赋新词强说愁。"在那样的年龄里，"雨季"的感觉往往多于"花季"吧：世界如此陌生，生命如此迷惘，过去不可追寻，将来无法预知，幸亏有友情的陪伴，使我们的生命中增添许多阳光。我和君迪互相鼓励着说，面包总会有的，一切都会有的，长大就好了，我们都会考上好学校，都会找到好爱人，有好的工作，好的生活，好好地度过下半生。我们勾着手指说我们一辈子都不会分开，永远是好朋友，结婚的时候要做彼此的伴娘。那时候我们还不知道，"永远"二字，不可轻言。

　　不记得是怎样就失去了联系，是哪次升学，哪次搬家，还是哪封信没有回。我确实找到了好爱人，也有了好工作，与同事们关系都不错，但是再也没有了那种死心踏地的一尘不染的友情。这些年来看到背着书包在路上说笑的小女生，总是会想起君迪，她的模样我已经记不真切，但是年少时携手的温暖，至今留在我的指尖。

　　君迪，如果有缘见文，请写信给我好吗，我是琳，想念你。

的灰的画
2004. 4. 1

三个愿望

　　大概是童话故事看多了，小时候坚定地相信仙女的存在，无数次在纸上在头脑中描绘她的样子：长发，白裙，手持金杖，背后一双美丽的大翅膀……做早操的时候，仰望天空，细细端详每一朵云彩，猜想哪一朵是她的化身，或者她躲在哪一朵的后面……赤足踏在云彩上的感觉会是什么样子的呢？她会不会在我考到全班第一的时候飞下来奖励我，送我三个愿望？故事里遇到仙女的人都会得到三个愿望的，提什么都会实现，可是那些人真不会利用机会，老是花一个愿望来要些东西，又花一个愿望把东西送回去。如果让我提三个愿望的话，嗯，我的第一个愿望是每次考试不用复习就能满分，第二个愿望是抽屉里有吃不完的巧克力，第三个愿望是快快长大，可以和张老师一样穿美丽的长裙。

　　等真的长大了之后，我的三个愿望就非常简单了，和亦舒笔下的女主角一模一样：首先我要很多很多的爱，如果没有爱我要很多很多的钱，如果没有钱，起码我要健康。寻找爱情真是一件很苦很累很麻烦的事，如果有仙女助力，一下子就将理想中的爱人送到身边，那是多么幸福的事情。但是，仅有这些又怎么能够满足呢？有了爱人还需要有一辈子相濡以沫、愈久愈醇的感情；有了金钱还需要有用金钱换取快乐的智慧；有了健康还需要有借助健康享受生活的机会……这世界太广阔，太绚烂，有太多需要努力争取的东西，穷此一生能够实现多少呢，实在不是三个愿望所能概括。不过现在我已经想好啦，如果哪天仙女降临，我要提出的最后一个愿望一定是：再给我三个愿望吧！或者只提一个愿望就已经足够：让我和你一样具有随心所欲的法力吧！

　　……嗯……对我这样聪明得过了头的人，恐怕永远不会有仙女来找我吧……

的灰的画
2004. 4.13

小秘密

　　家宝忽然到访，说是从老朋友处得知我的消息。真是意外的惊喜。高中毕业至今已经十多年了，他的变化不大，依然是浓密的黑发，明亮的眼睛。"……印象最深的是，我一生病就会有药品自动出现在我的课桌里，简直是童话故事里才能发生的事情……我至今不知道是谁在帮我。"与我一起漫步街头，他兴高采烈地回忆着高中时代的点点滴滴。

　　我微笑着看着他。

　　家宝是我的同班同学，前后桌，相处的机会很多，兴趣也相投。家宝学习很好，为人又热心，经常给我讲解难题，甚至为我制定详尽的学习计划，帮我补习最让我头疼的数学……我始终不能忘记，每当他讲完一次，问我明不明白时，那明亮而充满期待的眼神。

　　从一开始我就知道自己喜欢他，但是不想让他知道。他有女友，关系非常好，已经许多年了。我所能做的只是，偶尔向他请教一些问题，开开玩笑，聊聊天，坐在他背后悄悄望着他浓密的黑发，望着他侧头沉思，脸上挂一丝快活的笑……他的家在外地，孤身一人生活有很多不方便，我会在他需要帮助的时候，像做贼一样隐蔽地伸一把援手，比如说：他的身体一直不好，经常发病，我早已注意到他吃什么药，总是第一时间买了来，在没人的时候放在他的课桌里。

　　回头想来，那样的小女儿情怀实在是幼稚得可笑：瞻前顾后，畏首畏脚，将一份心思辗转揣着揣着又揣不住……可是，也正因如此，纯真依旧，温情依旧，青春时代的深厚友情始终未曾变质。如今家宝和他的女友已经结婚多年，我也早已为人妻为人母，望着家宝明朗的面孔，我知道我会好好地珍藏这份秘密，让它与我们的幸福人生一起维持到永远。

蕾丝裙

与妹妹逛街，她对一条缀满蕾丝花边的裙子爱不释手。我说："不能买的，这种款式的裙子只能给十几岁少女穿。"妹妹若有所思："可是，我们做十几岁少女的时候，都穿什么来着呢？"

是呀，我们做十几岁少女的时候，都穿什么来着呢？一个又一个的夏天过去，为什么我们好像压根儿就没穿过漂亮裙子似的？

爸爸妈妈那一代人，视爱美为虚荣，从来不肯在衣着打扮上下太多工夫。在他们的影响下，我和妹妹从小向男孩子看齐，每天梳洗整齐、衣着干净就是最美，不知道女孩子还可以在服装上大做文章。上中学后我开始自己买衣服，兴致勃勃地买过几条非常女性化的蕾丝裙，可是，不知道你是不是和我一样，每年夏天第一次穿裙子那天，几乎必定降温，下雨，谁能告诉我这是怎么回事呢？北方的城市啊，夏天很短的，瞻前顾后，犹犹疑疑：过几天再穿吧？等大家都穿了裙子我再穿不迟吧？……一天又一天，穿裙子的季节很快就过去了。

接下来呢？接下来就到了不可以再穿蕾丝裙的年纪，只能在偶尔逛街的时分，偶尔对美丽的蕾丝边、直身裙爱不释手。其实想来，我也并不是特别钟爱女性特征明显的衣着，但是就是因为一向没什么机会穿，所以分外地向往起来，尤其当我心里越来越明白，随着年龄的增大，我距它越来越远，越来越没有机会穿。

青春岁月中有太多这样的记忆，容易得到的总是不珍惜，越是不容易得到的或者永远失去了的，越是在脑海中日渐清晰，弥足珍贵。如果有机会重新活过，你会做些什么？我一定会好好地珍惜自己的年轻，好好把握美好的一切，比如说心爱的蕾丝裙子，比如说转瞬即逝的时光，比如说携手同游的故友，比如说，深藏在心底，永远不会忘记的那个人。

小人书

　　少年时代，爸爸妈妈对我的诸多奖励都是以小人书来兑现的，他们几乎为我买全了当地新华书店里出售的所有小人书。二十多年过去，搬家多次，小人书们或送人或收藏或损毁，如今只剩下数百本，但是它们给我留下的记忆却是永远绚丽多彩，不可磨灭。

　　我最爱的一套小人书是上海人民美术出版社出版的《红楼梦》，无论是在人物形象塑造，还是在环境描绘上都是丝丝入扣，妙笔生花。我还喜欢天津人民美术出版社出版的《聊斋志异》系列，称它们为"小人书"简直有点冤枉，随便哪一页哪一幅拿出来都是国画精品。很疑惑为什么如今连环画画家越来越稀缺，其实高水准的画家还是比比皆是，但是如今的人们，很难静下心来，为一本几毛钱的小书连画数十幅工细的图画了吧。我心爱的小人书们，难道就这样逐渐灭绝吗？

　　家中的小人书还有极多的外国文学作品。因为爸爸是外国文学爱好者，总是把书店里少得可怜的"洋货"全都扫光。比如说，作为儒勒·凡尔纳的忠实Fans，爸爸买了他所能找到的所有儒勒·凡尔纳科幻系列小人书，还耐心地讲给我和妹妹听。少年时代还有一种作品是难以忘怀的：《钢铁是怎样炼成的》、《青年近卫军》、《卓娅和舒拉的故事》、《牛虻》……至今重看，仍然能够捕捉到那份纯真的热忱和激动人心的浪漫。

　　生于七十年代，当然还看过许多"文革"前后出品的小人书，在那些小人书里，几乎所有的小主人公都姿态勇猛，形象异常高大。这些作品中也有许多经典，例如《小兵张嘎》，你是否记得那个贪吃西瓜被缴了枪的伪翻译官，和被嘎子咬了一口的小胖墩儿……《小兵张嘎》的电影版本也非常著名，但是小人书带给我的愉快，仍是永远不可替代。

在我的脑海中，小人书就如同生活中其他点点滴滴的记忆，在逝去的岁月里，一路发出温和而持久的光芒，让我对将来的日子更加投入地欣赏，对过去的时光，更加认真地收藏。

抱 抱

自小是个羞涩的小孩，不爱表露情绪。也许因为很早就有了妹妹，所以记忆中没有太多与爸爸妈妈亲热的情景。扑到妈妈的怀里做"扭股糖"，挂在爸爸脖子上打秋千，亲一下这边贴一下那边……都是妹妹的专利。她一直到二十多岁都是如此，而我从记事开始就不再粘人。

曾经很自豪于自己的独立性，可以无所畏惧地走南闯北，不需要父母放在手心里呵护。上大学的头一年，多少同学想家想得整夜埋在被子里哭，我没有，从来没有。毕业后独自生活在陌生的城市，有时候工作不顺心，生活无依靠，不是没想过打退堂鼓，但还是一天天地撑了下来，没有向父母摊过手板。爸爸妈妈经常地写信来电话，问：一切还好吗？要不要寄东西，要不要钱……我的回答一律是：我自己能行。

结了婚之后又和父母生活在一起，整日看着妹妹兴高采烈地抱抱爸爸又抱抱妈妈。有一天我忽然明白：原来，自己，一直是有点嫉妒的。

有谁是天生愿意坚强，除非他有一个不得不坚强的理由；如果可以选择，我也愿意多多埋在妈妈的怀里，充分享受那种安全和温暖的感觉。可是我现在已经不能了，成长的距离就是一旦拉远，再也无法回去。

我已经有了自己的宝宝。小小的他经常会向我张开双臂，奶声奶气地喊："妈妈抱抱。"育儿教材上说：不要总是抱孩子，会使他养成依赖性……可是我怎么能拒绝，怎么能视而不见，这样一个几乎见风就长的宝宝，又是一个男孩子，就算每天都抱，又能抱他多久呢。

就让我回应他的呼唤吧，让我在可以抱他的时候，多多拥他在怀里，满足他的渴望也满足我的渴望；让我在无常的明天来临之前，给他一个最可靠的寄托，最永恒的维系，最温暖最宁静、最甜美最安全的港湾。

爱画画的人

　　爸爸妈妈一直都很遗憾没有机会送我去学习美术,因为我实在是从很小的时候起就表现出了一点美术方面的天分,家里能画画的地方都被我用千奇百怪的图案涂满。爸爸妈妈为我保存下来最早的"作品"是在三岁那年画的一个人脸,我自个儿倒没觉得有什么特别,但是据学美术的朋友说,已经具有比较平衡的结构和协调的比例哦。上学之后,我一直都是班级里负责画壁报的那个人,每年都要参加学校画展的那个人,也是上课时偷偷画美女图的那个人。回头重翻这么多年来的课本和练习本,几乎每页上都有大大小小的人像,这样一个三心二意的人居然通过重重考试顺利地读到大学毕业,也真算是一个异数。

　　一直没有去正式学习美术的原因很多,一方面是因为生活条件简陋,周围也没有像现在这么多的专业技能课外班;另一方面,我的学习成绩还算不错,传统上老师和家长们的普遍想法是:既然有能力选择"严肃"和"正规"的专业,还是比当"艺术家"有前途。如今我从事的职业正如长辈们所期望是又"严肃"又"正规",但是说实话,永远没有画画那样让我由衷地热爱,全心地投入,每当看到许多朋友能够选择自己热爱的工作为生,心里不是不羡慕的。

　　尽管没能具备专业的美术水平,但我始终都要庆幸的是,自己一直都爱画,都想画,都能画,在已经过去的前半生,用我一支稚拙的笔,记载了许多生活中美好的细节。多年来我寄出的许多信件都是画出来的;许多篇日记都是用画画来代替的;每一个春节,送给朋友的都是我亲笔制作的贺卡;好些同学都拥有我手绘图案的 T 恤衫。对自己的家人,我更是喜欢画下一张张亲切的面孔和幸福的时刻,虽然不一定逼真,但是那种温馨的记忆使我们的生活充满情趣。

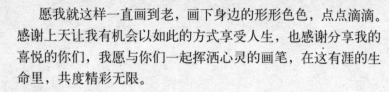

　　愿我就这样一直画到老，画下身边的形形色色，点点滴滴。感谢上天让我有机会以如此的方式享受人生，也感谢分享我的喜悦的你们，我愿与你们一起挥洒心灵的画笔，在这有涯的生命里，共度精彩无限。

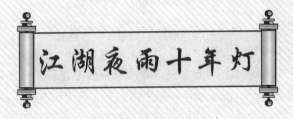

江湖夜雨十年灯

江湖夜雨十年灯

　　今天是一个特别的日子，今天是二〇〇四年八月八日，我上班十周年，换句话说，打从今儿个开始，的灰我也算是在江湖上混了十年的资深老油条啦。在这样一个伟大的日子里，让我跟大家分享一下，十年前踏下的第一个脚印！

　　十年前，一九九四年八月八日，那是我第一天上班。头天下了几十年不见的大暴雨，全市水流成河，宿舍周围全部淹没至膝，路边的斜坡上，大水夹杂着瓜果梨桃土豆茄子——坡顶上是个菜市场——汹涌而下。早上六点钟，我遥望马路，在塞车，停在正对面的是一辆红色面包车。八点钟，遥望马路，还在塞车，停在正对面的还是那辆红色面包车。难道第一天上班就旷工吗？于是我打了伞出门，准备步行前进。待我出得门来，狂风吹袭，伞面立即翻扣，伞柄弯成九十度，给我洗了一个大大的凉水澡。索性就这样在暴雨中艰难跋涉，用了将近两个小时，硬是走到了单位。向局长道歉："对不起，第一天就来晚了。"局长说："没关系，今天来了就不算晚！"我才发现局里另外两个人还都没有到。中午时分，同事陆续都来了，本来是应该到楼下农贸市场买饭吃的，但是局长号召道："欢迎新成员，我们会餐吧！"于是同事小崔去买了四桶方便面，四根火腿肠，我们四人围坐在一起快乐地吃掉。

　　我是毕业后应聘到这里的，经过了三次考试，也算是过五关斩六将，不，斩了三十多将，才拿到这个位置。这是一个刚刚成立的很小的单位，租用六个办公室，我们是六个局之一，当时这个所谓的"局"，包括我在内才四个人。局长是一个爽朗的老头，精力充沛得不得了，单从体力来说，是奔上九楼不用换气的那种。……我们经常需要奔上九楼，因为办公条件很差，电

梯三天两头出毛病，有一次还把市长关在里面了，大家费了好大劲才把他扒出来。

局长说："虽然你是作为翻译招聘来的，但是现在咱们没有外宾，用不上。你先负责制作我们的基础资料，给你两个月时间，搞一套广告手册和宣传录像片出来！"我瞠目结舌地看着他："我们局还管这个哪。""不是我们局的业务，但是没人管，我们先管起来。"管起来？拜托，我的专业是英语，不是学广告和设计的啦。但是领导交办的工作，如何能说不会做呢？就算他立即派我去另盖一座办公楼，我怕是也会雷厉风行地画图纸去了。于是局长翻箱倒柜地找资料，最后是给了我两本外地的旧画册和几张手写的情况介绍："其余的东西，你自己去搞吧！"

真的很佩服那时候的自己，其实对这个单位完全不了解，只知道它刚刚成立，百废待兴，凭着一腔革命浪漫主义的激情，就扑进来创业了。我甚至都没问问薪水是多少钱，一个月后发工资时才知道自己的基本工资是二百零五元，加上杂七杂八的补贴，每月大致是四百多元。少吗？我觉得不错了，上大学这四年，我平均每个月的花销不超过一百元呢。

上班后接下的这第一项任务，那真叫一个水深火热的考验。盛夏时分，我乘着公共汽车跑遍了我们所管辖的区域搜集资料，自己写了文字稿，又翻译成英文，找广告公司一起去拍了照片，做了一本如今看来内容详尽得过头的广告手册。至于那个宣传录像片，也是我自己写了文字稿，找广告公司录像……当时我们的宏图基本还停留在纸面上，区域内全部是刚刚挖好的建筑工地，无论是照片还是录像都毫无说服力，其中我造了多少假，借了多少料，讲来简直是不好意思。记忆深刻的是拉了一帮同事坐在会议室里友情出演，假装探讨未来大计，他们都不知道该说什么好，摄制人员解释道："只要做出慷慨激昂的表情就

行，声音是不录的。"于是同事们开始挥着手讨论："现在这日子还能过吗，茄子都两毛五一斤了！……"

制作录像片的工作于我来说是彻头彻尾的第一次，素材全部拍好后在制作室里做片子时，我的眼睛承受不了翻前翻后的画面，泪流成河，红肿得像个兔子。一周过后开始适应，盯上一天也没什么感觉了。记得那一天高兴地向局长汇报："今天进展很顺利，做了十六秒钟。"局长怪叫："一天才做了十六秒？""十六秒是很多内容啊！这片子不能当成十分钟看，要当成六百秒看啊！"局长说："哼，你就唬我吧，反正我也不懂。你到时候能交货就行了。"

诸位看官可能会很奇怪局长大人怎么会对一个初出茅庐的小家伙这么信任，其实是他不信任不行，他有更多的事情要亲自处理。我继续每天早上换三趟公共汽车去广告公司做片子，一秒钟一秒钟地对画面。这时候涉及到一个制作日文版的问题，局长要我去外国语学院请最好的教授来翻译和配音。我并不认识外国语学院的人，不过笨人有笨办法，我跑去外国语学院日语系，在门口堵着学生问："请问日语系哪位教授的水平最高？"连问了三位，回答都是杨教授。去办公室找杨教授，永远不在；于是又费劲周折问到了杨教授的家，去了两次，仍然不在；于是在他家门上贴条子，做了自我介绍，留下联系方式："……冒昧恳请杨教授出手帮忙为盼。"杨教授是个好人，真的回电话来接了稿子。翻译完成后配音的是杨教授推荐的另外一个人，那个人名气大活计多，到配音室读了一遍后便扬长而去，剩下我一句一句地往画面上对。天可怜见，我是不懂日文的，完全在凭感觉断句，每逢"西代""伊妈斯"什么的就截下来……配完后送给杨教授检查，居然一句都没错。

广告手册和录像片全部按期交货后，局长召集了一个审查会，单位里大老板小老板微型老板们全都坐在那里看。录像带

放完之后大老板的脸上百花齐放，推陈出新，皱着眉头问："这是谁负责做的？"我站起来回答："我。"大老板继续皱着眉头看我："真想不到啊，可以做成这样！"……我要到很久以后才习惯了他的这种夸奖方式。

后来就陆续地有外宾来，我重操旧业开始当翻译。当翻译那更是一部血泪史了，在大学里我学的是英文教育，对经济术学语几乎完全不懂，尤其涉及到一些专业名词……你聪明的，你告诉我："缩水甘油酯类环氧树脂"是什么东东？"单一旁路性靶基因"又是怎么回事？至于翻译过程中经常会出现的突发性记忆障碍，导致翻译出"关公是中国历史上著名的仙女"这样变态典故的事迹也是屡屡发生。或许你会问："你的工作与关公他老人家有什么关系？"诸位看官，本来应该是没关系的，可是我们大老板是个极其博学多才的人，他和外宾洽谈时经常会提到《孙子兵法》、《菜根谭》和戴高乐的生平事迹，一听到他开始讲这些，我真是连自焚的心都有。书山有路勤为径嘛，学海无涯苦作舟嘛，我在这方面那个勤和那个苦也不消细说了。工作一段时间后，有一次全市范围的新闻发布会，面对台下二百多位外宾，我们尊敬的大老板进行即席演讲，旁征博引，妙语如珠，坐在他旁边的我是面不改色地翻了下来，没有结巴，没有语法错误，台上台下都热烈鼓掌……当然了，现在可以偷偷讲出来：当时我是擅自换掉了一些内容的。

那一年我二十二岁。父母在另一个城市。没有财产。没有男朋友。介绍我相亲的人络绎不绝，从我那篇《相亲记之剧情攻略》中可以一瞥当时的盛况，不过那还不是全部，我在一年里相过的亲差不多有二十来起，佳话迭出，无奇不有，但是，一直没有遇见理想中的人。我爱的人不爱我，爱我的人我不爱。亲朋好友都说我眼界太高，浪漫过头，长此以往，人将不人；我自己倒并不着急，自顾自幻想自己的美好将来，在日记中大书：

"我情愿相信我的梦想就在即将走到的前方,情愿以青春为代价坚持这种浪漫。"风花雪月夜,心里也不是不寂寞的,只能自己给自己找寄托,全部身心都放在工作上,每天早上六点钟就去上班,晚上九点多回家……其实不算什么家,只是凭着在学校的一点关系,借住在学生宿舍里。几个月后,实在住不下去了,又没钱租房子,索性卷了铺盖搬到办公室里住。晚上睡地板,白天收起行李来藏在走廊尽头。周日的时候大清洗,在办公室里拉满了绳子晾上衣服。吃饭问题用一只电饭锅解决,饭、菜、汤,一锅烩。我洋洋得意地向朋友们介绍:"我现在的住处嘛,六室一厅双卫,水电气全部免费。"

每天夜深人静,做完了工作,我……今天打算做西红柿汤,到楼下去买鸡蛋,问小贩:'最少卖多少?'小贩问:'你想买几斤啊。"我想买两个。'小贩大怒,骂我有病。""上星期买的一棵白菜还刚刚吃了菜帮儿,菜心藏在广告板后面,被清洁大妈偷走啦!""小刘送我一罐红烧肉,吃得太省,结果长了毛……""你们回信说晚啦!我已经把长毛的红烧肉吃掉了,果真坏肚子了啦。……"

那时候办公室里还没有电脑,写信之余只是看书。后来无意中发现会议室的门锁坏掉了,用尺子可以捅开,于是灵机一动,每到周末就租了录像带撬开会议室的门进去打开录像机看通宵电影,一个晚上可以看四部,看国外的也看香港的,看剧情的也看动画的,对我钟爱的明星如张国荣等,更是几乎看遍了他们所有的作品,积累了日后丰富的关于影视娱乐的八卦知识。偶尔市内电影院上映好看的电影,我也积极捧场,每次都看得心满意足,出得电影院后恍如隔世,觉得人生在世,不是一定得找人来分担自己的欢乐与忧伤,就此孤独终老,其实都没什么不好。

那段日子,无论是现在回想,还是当时身历,都是真的开心,

丝毫没有落魄的感觉。工作上颇有成效，每件任务都能圆满完成；和同事相处融洽，极少出现是是非非；生活中心宽体胖，胃口惊人，煮一天的饭要用三碗米，牛肉大饼一次吃五个，肉包子十一只。一次参加朋友的婚宴合了影，拿回照片一看，发现自己的脸好圆，于是上街找只秤来称称，一称之下，险些倒栽下来：一百二十二大斤！……

哎，写到现在我发现标题好像是取错了，更应该叫"桃李春风一杯酒"，而不是"江湖夜雨十年灯"来着。十年，真是弹指一挥间啊，就这样飞驰而过。我们那博学多才的大老板已经退休了，精神抖擞的局长转到一家公司发挥余热，新的局长调来又调走了……十年内我的顶头上司换了六任，我自己也升了几次职，工资从四百元涨到数千元，有了自己的家，有了自己的宝宝；我们的单位，从租用的六个办公室发展成了十余座办公大楼，管辖的区域面积翻了几倍；我们的这个局，从四个人发展成数十人，局内还分了七个部门。七个部门里几乎全是新人了，当年局里的四个同事都已旧朋云散尽，只有我在别的局转了一圈之后又回到这里。前几天我请局长和那两位旧同事吃饭，局长还清晰记得十年前的情形："……那年'十一'放假，咱们四个去千山游玩，我很喜欢崖壁上刻的一首诗，却没带纸笔不能记下来。的灰她走过来站了一会儿，硬是把那首诗背下来了，下山后写给我……小灰你还记得那首诗吗？"我凝神："……振衣直上万重巅，夕照晴晖霞满天。东望群山来眼底，西瞻大海到胸前。花开绝顶芳孤赏，松生重峦人亦仙。数罢佛尊欲远眺，缤纷足下起云烟。"局长大力鼓掌："居然还记得啊！都十年了啊！"

我就是有这个毛病，什么都记得，十年前的，二十年前的，生活中一切值得留恋的细节，都不会忘。说句实话，十年来一直从事的工作，并不是我想要的工作；现在过的生活，也不是

如
画
人
生

我想要的生活。我理想的生活是像《春光乍泄》里的小张，浪迹天涯，四海为家，没钱了就停下来赚一点，有钱了就继续前进，人生本来一刹那，能走多远就走多远。但是在这个世界上，有几个人能真正过着自己想要的生活呢？我只希望自己能始终心平气和地活在当下，做好眼前手边的一切事情；希望再过十年的时候，我仍然有时间，有心情像今天这样坐下来，跟大伙儿一起扒一扒过去的日子里那排歪歪扭扭的足印。

帅老师

帅老师

帅老师来访，请了我和其他几位老朋友一起吃晚饭。很久很久不见了，帅老师依旧是当年模样，依旧穿一件雪白的衬衫，说起话来依旧是紧张腼腆的口气，依旧时常亲切地憨笑……其实他早已不是老师，当行长很多年了，但是我忍不住总是称他为帅老师，尤其是这次一见，那种熟悉而温暖的感觉使我几乎想拥抱他一下："帅老师，你怎么十几年如一日不变样的！"

其实帅老师起先只是我的师兄，大学同学，高我两届，不同系。我读的大学只是一所非常普通的大学，但是这所大学带给我许许多多绚丽多彩的回忆，帅老师是众多回忆中永远让我微笑着想起的一部分。他那一届同学盛产帅哥，帅老师只是姓帅，并不是最帅的一位，但是他高大，纯朴，有一种特别干净的气质，另外，有才华，绝对衬得起他这个特别的姓和那个响亮的名字。我一入校就知道他，当时他是校学生会的文艺部部长，迎新生晚会上，和文艺部副部长以一曲男女声对唱《敖包相会》倾倒了全校新生。我们也很快地知道那位文艺部副部长是他的女朋友，因为那女孩是我的师姐，和帅老师同届，帅老师因此经常光临我们的宿舍楼，有几次被同学们窥见他俩在深夜的月光下在宿舍楼的楼顶静静起舞，成为我们系里最为浪漫的传说。

和帅老师的第一次接触是在大一那年的春天，我刚刚迈进校学生会的大门，随各位同仁坐汽车去游玩，路上晕车晕得面无人色，是坐在我前排的帅老师注意到我的异常，削了一根黄瓜给我吃，使我免于在众多尚不熟识的师兄师姐面前出丑。这件事我至今难忘也永远难忘，但是帅老师他一定不记得，他当时根本不认得我，他是对每个人都是那么好，很自然的好，不是为了讨你喜欢。有些学生会的干部们是很骄傲的，老干部尤其，但是帅老师不，他很照顾新人，像我这样并不属于他的部门的，

他也耐心地教我一点一滴，出了问题他会主动担责任，跟着他做什么事都可以很安心。后来我们合作过许多许多次，组织各种各样的活动，我最喜欢看他带人排练大合唱，熟练地指挥这指挥那；喜欢看他唱歌，他总是唱一些特别开朗大气的老歌：《敖包相会》、《草原之夜》、《长江之歌》、《长征组歌》……他并没受过什么音乐方面的专业训练，那把好嗓子是天生的，醇厚，嘹亮，熨熨贴贴，当时我喜欢听他的歌，绝对比喜欢所有的流行歌曲更甚。

很快帅老师就毕业了，留校负责学生文艺工作，从此由帅师兄变成了帅老师。他的女友考上了北京的研究生，经常回来看他，他那时候每周末在学生活动中心搞联谊舞会，她一要回来他就特别激动，会主动跑上舞台去给大家唱歌。新生和老生都认识他也都喜欢他，他是大伙儿的帅大哥，变成了老师之后他并没有多大的变化，仍然和一届又一届的学生们称兄道弟打成一片，组织活动时仍然亲力亲为，亲自搬布景，扛大包……其实帅老师的性格也很急躁，遇到不顺利时会生很大的气，不过他很少对学生发脾气，总是像老母鸡护小鸡一样护着他的学生。有一次走在校园里遇上几个外来的流氓辱骂学生，他冲上去一拳打倒一个，两拳打倒一双，造成了一次群殴，结果以流氓跪地求饶，帅老师被领导批评而告终。还记得那次他自己也受了伤，手背上流了血，我问："被他们打着了？"他亲切地憨笑着："不是，一拳打到那家伙的门牙上了，硌的。"

那年春天学校组织了一个学生考察团去北京，安排帅老师带队，帅老师高兴得蹦蹦跳跳，对我们几个团员说："到了北京你们自己好好玩，我不会打扰你们的。"我们鬼头鬼脑地回答："老师您也好好玩，我们不会打扰您的。"但是到了北京之后他并没有跑去跟他的女友在一起，而是拉了女友跟我们在一起，婆婆妈妈地照顾我们的一切。一天夜里在街头撞上酒鬼滋事，我们的一位同伴与对方发生口角，结果惹来一大群人提着酒瓶与我

们打成一团，帅老师一边迎战一边推着所有人逃走，自己着实挨了很多下，他的女友冲上去拉架，也被打了一拳……我们大家全都避到安全地带，无一人受伤，而帅老师过了许久才脱身跑来，不顾自己满脸是血，一把揽过他的女友捧着脸细看，然后匆匆一吻，回头带着我们离开。帅老师是个腼腆的人，我认识他俩这许多年，那是唯一一次见到他俩当众亲密，当时的那种情意与关切使年轻的我深受震撼，生命中很少的几次直接、强烈、深刻地感受到什么叫爱情。

　　大四那年又有一次跟帅老师一起出远门，到锦西一个穷乡僻壤去扶贫，那是一次非常艰苦然而愉快的旅程，使我们同去的几个人结成了死党，至今每每相见，仍然有非同一般的亲热。那次的旅程倒是没有什么危险事件发生，最危险的可能是一只老鼠半夜爬上了帅老师的脸，他跳起来一扑腾，惊醒了同伴和隔壁的同伴，大家用拖鞋用台灯用各种乌七八糟的器械捉老鼠，尖叫得整个锦西地区都听见了，最后在小旅店的衣柜里发现了整整一窝老鼠仔……但是我们仍然很喜欢那个小旅店，喜欢头凑着头趴在小破桌子上整理学习材料，用洗脸盆在灯泡底下接蛾子，踏着大大小小的石头到河里洗衣服，帅老师则经常在清晨或黄昏时分向着寂静的大山高唱《美丽的西班牙女郎》……那个小旅店只有一个小伙计叫阿四，很喜欢和我们混在一起，到最后我们临走的那几天，听见他也在厨房里高唱《美丽的西班牙女郎》了……

　　到我毕业的时分，帅老师要离开学校去银行工作了。我们倾尽全力帮他搞了最后的几次大活动，其中全校舞蹈大赛是他在学校文艺舞台上的告别作，也是学校有史以来质素最高、评价最好、上座率最为惊人的文艺比赛，当时别具匠心的节目串连、一段又一段精彩的演出、站满礼堂走廊和门口的观众和连绵不断的欢呼喝彩使许多同学至今记忆犹新。活动结束后帅老师冲到后台把每个男生都抱了一抱，跟每个女生都握了握手，整个

人乐得飞飞，满脸亲切的憨笑。临走前的最后一个周末，他最后一次到活动中心去主持联谊舞会，那天他的女友也要回来了，他按捺不住地兴奋，满场走来走去，唱了"十五的月亮升上了天空哟"又唱"山伯永恋祝英台"……连我这样的舞盲也被他拉去连跳了几支舞。舞会结束后收拾器材时我有些依依不舍，说："帅老师，以后很难听到你唱歌了。"他笑道："你爱听什么？我唱给你听！"我毫不客气地点了一大堆，于是他一边关灯闭门一边唱，一直唱出门外，那时已是深夜，外面下着大雨，他骑自行车载我穿过校园回宿舍，雨中扬了一路的歌声。

　　帅老师与我在毕业之后并不是时常聚会，但是始终保持着联系，偶尔几次见面，总是见他穿一件雪白的衬衫，整齐的黑发，干净的面孔，我总是要尖叫几声："帅~~呆~~了~~"他总是亲切地憨笑："什么帅呆了，帅呆子还差不多。"……他自己终于和他深爱的女友结了婚，有了可爱的孩子，他还热心地为我安排过相亲，介绍我和男方见面之后，他一边亲切地憨笑着一边挥手离开一边不住地回头看我们，结果"砰"的一声撞在了电线杆上……

　　一转眼，时光已经走过了这许多年，许多事情都已经改变，亦有许多事情始终不变，今晚的聚会里喝了一点酒，思绪飘到老远老远，想起了好多好多……深深祝福帅老师，真高兴认识你，虽然一生中总会认识许许多多的人，但并不是所有人都能带来如此纯粹、简单、快乐而温暖的回忆，有幸拥有这样的朋友和这样的日子，让我无论何时想起，总是感觉阳光灿烂，云淡风轻，人生晴朗澄明，没有一丝阴影和遗憾。

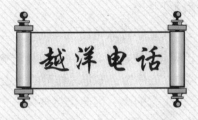

越洋电话

接起电话的时候，以为他打错了，因为是一把完全陌生的男声。

可是他在问我的名字。

"我就是，请问您是……"

对方笑起来："我是李青云啊！"

我想啊想，想啊想。搜索了大脑硬盘中存储的所有文件，没有这个名字。不过，工作这么多年，接触的人太多了，认识我的人被我遗忘是很正常的事，因此仍然维持一个礼貌的笑容："对不起，真抱歉，请原谅，我记不得了……"

"你是在 K 县第二小学读的小学吧？"

忽然在杂乱的大口袋里摸到了钥匙，遥远的记忆被打开了：那个小小的县城，爸爸妈妈上山下乡的地方，我的童年和少年，鸽子洞，大凌河……还有这个名字，我模糊地想起一个长脸的小男孩……哎，是方脸的？ 是爱穿绿军装那个，还是爱流鼻涕那个？

"是你是你是你是你是你！！！！！！！……哎呀呀，真抱歉，我仍然想不大起来你是哪一位！可是我想起你来了！"

对我的语无伦次他好脾气地笑着："想不起来不奇怪，我没读完小学就转学了。算起来，也是二十二年没见了，你要是还记得我，倒是奇怪了。"

"你怎么找到我的？ 这么远？！"

"我找到了你们公司的网页，上面有你的电话，我打过去，你们同事说你出国学习去了，给了我这个电话……原来后来你家也搬了，到 D 市去了？"

"是呀，这个说来话长了，你知道，我们家本来不是K县人，后来啾啾啾啾啾啾啾啾，于是我们就啾啾啾啾啾啾啾啾啾……你现在又在哪里呢？"

"我在四川成都，很早就搬来了，我在啾啾啾啾读了中学，然后啾啾啾啾啾啾啾啾，毕业后啾啾啾啾啾啾啾啾……现在在H公司做电脑工程师。"

"H公司？耶！大公司啊！跟我们有业务往来啊！你没来过？"

"我在你们的网页上看到了。我不负责这一部分，我负责的是啾啾啾啾啾啾啾啾，我看到你负责的是啾啾啾啾，这些年来你啾啾啾啾啾啾啾啾啾啊，你现在啾啾啾啾啾啾啾啾……哈！你也结婚啦？是啊，都三十多了。我也结婚了……哎，还有那个啾啾啾啾，你还记得吗？他的老婆啾啾啾啾啾啾啾啾啾……"

"我怎么会不记得他呀！他把我的橡皮切碎了泡在墨水里啊！他老婆知不知道啊！……还有他的同桌，外号叫'猫眼'的那个，你记不记得？他的眼睛是绿的……你记得小方吧？上初中的时候退学了，后来犯了事，进了监狱啦……小蕊我当然记得啊！她和我一起说过相声啊！啊，你居然没印象？我说相声说得那么好……不过当时我还不知道女孩子不应该说相声……"

电话那边传来他的笑声："你说相声我倒不记得了，不过我记得你翻墙，你那时候放学不从路上走，你是从学校的墙头上走的……"

"还……还有这样的事？？？"

"是啊，我对你印象太深了，我去过你家，见过你爸爸妈妈，你还有一个妹妹是吧，你家有好多好多小人书，我和阿炬坐在你家院子里看过书……你可能是不记得了，你只对张国昌和李玉军他们有印象吧，我那时候很安静，不大说话的，但是我真是记得你，那时候你梳两条小辫子，你掉了一颗牙，说起话来

嘴巴漏风的……我看见你在网页上的照片了，你一点都没变样，只不过不再是豁牙子了……"

在这猝不及防的一刻，我的眼泪都要下来了。是的，猝不及防，我完全没有想到，会与一个二十二年没有说过话，而且在二十二年前总共也没说过几句话的人，这样亲密地聊起我们的前半生；会让一个远隔时间与空间的重洋的人，碰触到心底至为柔软的，连我自己都忘怀了的那一部分。

那一天，真是充满幸福的感觉，直到晚上睡觉，我都忍不住在脸上挂着一个微笑。幸福是什么？幸福就是世界上有网络，有电话，有可以联系的人；幸福就是生命中有畅想，有记忆，有意外的惊喜；幸福就是在二十二年的时光中成熟，收获，势不可挡地长大；幸福就是，在久已蒙尘的岁月长河里，居然还有人清楚地记得，你豁牙子时的模样。

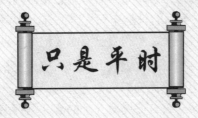

只是平时

只是平时

曾经很羡慕有的人墓碑上可以写上这样的词句："活过，爱过，被爱过"，觉得是一种纵有缺憾也完美的人生。这些年来渐渐知道，原来每个人都有这样的幸福，都衬得起这几个字，只不过是在平凡的生活中，未必有机会感受得到。其实今天也是个平凡的日子，不同的只是今天是端午节，是灰相公又要离家，我却在这样的日子里，觉得自己有必要记下一点什么。

早上五点半就在闹钟的狂叫中起床，因为灰相公要赶早班飞机回日本。一边看着他检查机票，整理钱包，一边忙着给宝宝手腕上系五彩线。公公婆婆对儿子的离开例必泪眼朦胧，而宝宝习以为常，随便喊了一声"爸爸再见"，不停地低下头欣赏小脖子上挂的香包。在机场，灰相公办完手续登机，揽住我最后一吻。我问："大致什么时候回来，半年，一年，两年？"灰相公答道："你想害死我啊。两个月内应该结束了吧。"

八点，回到办公室上班，看到募捐告示，正在北京治疗的杨生病情恶化，工会号召全单位捐款。我悄悄地找到会计，捐了五百元，会计吃惊地看着我，犹豫地说："你不要捐这么多，别人都是捐一百的。"我说："他发病那时候我不在，都没去看望过他……""那也不用捐这么多。""我们关系挺好的。"会计叹气道："其实呢，捐多少都没用了，北京那边的人说，早就没了意识，眼看就不行了。"

真是不能想象，杨生那样的一个人如何会"不行"。坐在办公桌前我怔怔地想着杨生那笑口常开的模样，那样一个聪明能干、精力充沛的小伙子，只长我两岁，不知道怎么会突然发作脑溢血的。其实我们不在同一个部门，平时并没有多少交往，但是遇上这样的事情，与他相处的点点滴滴都变得这样地清晰这样地迫近，越是不忍细想，越是难以忘怀。

十二点半，忙碌了一上午，跑去吃午饭。午饭时间早已过了，食堂王大哥专门给我们几个人留了饭菜，用保温炉热着，还有四色粽子。我们七嘴八舌地埋怨王大哥的食堂管理工作有问题，饭菜做得太好又不许剩，结果许多同事都发胖了，他得负责任才行。王大哥憨憨地笑着。

下午两点多，灰相公打来电话，已经平安抵达。以前每次这样分手，我们都忍不住要在电话中哭一下下，这回没有，我们笑着互相道喜："好了，这回安静了，可以睡个好觉了……"说了几句之后，长时间的沉默。最后还是我笑道："没事了，乖乖地休息去吧。"

挂机之后我分别给他的父母和我的父母打电话报平安，两边的老人都问我是否回家吃晚饭，因为是端午节，包了粽子。我踌躇良久，还是决定回公公婆婆家去，老妈爽快地答我："确实，回去吧，今晚老两口应该很需要热闹吧。"

放下电话，我将日程表翻来翻去，想着周末一定要回家一次，送老爸一份礼物，因为前天父亲节我没有去，在家陪灰相公收拾行李来着。那天还是老爸先给我打的电话，告诉我说他去逛街了，不用去给他祝贺父亲节，让我好好陪陪乖女婿。

晚上按时下了班，和司机互祝节日快乐，回家吃团圆饭。一进门宝宝照例扑上来吻我，问他考试情况如何，宝宝轻松地回答："不错吧。"饭桌上宝宝悄悄问我："为什么只有你有羊肉汤。"我答："因为爷爷和奶奶都不吃羊肉。""那为什么奶奶还要做羊肉汤。""因为妈妈爱吃羊肉。爷爷奶奶对妈妈太好了。你也要对爷爷奶奶特别好才行。""那我长大了也给爷爷奶奶做羊肉汤。""爷爷奶奶不吃羊肉啊。""那我长大了不给爷爷奶奶做羊肉汤。……这是对爷爷奶奶好吗？"宝宝自己把自己绕糊涂了。

晚上八点，宝宝听我讲完故事，快乐地入睡，两只小手合起来搭在脸蛋旁边，半梦半醒之间轻轻叫我："妈妈。"我随口答

应着，伏在他旁边尽力伸展我的手脚。——已经一个月的时间没能伸直睡觉了，因为灰相公回来的缘故，狭小的房间和窄窄的床很难满足三个人的睡眠，我们不得不横躺在床上，脚下垫两只椅子。灰相公说："我们混得好惨啊，咱们周围的人睡觉还需要搭床的恐怕不多了。"我说："等你回来，我们多贷点款买大房子。"灰相公陶醉地幻想着："要大卧室，大卫生间，大书房，要买最好的家庭影院，每天宝宝睡觉之后我俩去喝啤酒看电影……"

现在已经十点多了，我在灯下写这篇东西，因为睡不着。本来以为灰相公走了我终于可以舒舒服服地睡觉了，可是完全不是那么回事，每次都是这样：已经"不惯于生人同睡"的我，在他回来时需要一个很久的适应期；终于习惯了身边有人时他也差不多该走了，走了之后我又需要一段时间来适应孤枕入眠的生活……总是这样。总是这样。如今一切即将结束，灰相公在热切地向往着相聚的一天，我也很热切，但是带着说不出的隐忧：七年半的两地生活，我们终于度过了时空距离造成的难关，可是当分离已成习惯，相聚后必然会面临新的问题……我希望一切都可以好好地过去。

生活如窗外的夜色一样平静。仍有很多细细碎碎的事情，像温暖的阳光和爽利的雨水，扫过混沌天空，让我知道自己是这样地活着，爱着，被爱着。也许可以把那句古诗改上一改："此情可待成追忆，只是平时已惘然。"我希望在每一个平淡的日子里，都能够以今天这样的心情来感受。

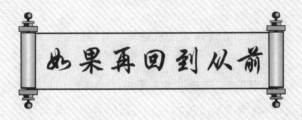

如果再回到从前

如果再回到从前

如果再回到从前
还是与你相恋
你是否会在乎永不永远

——张镐哲《如果再回到从前》

重看《寻秦记》，想起近几年看过的关于时空转移的作品真是多哎：《回到未来》、《时间机器》、《尼罗河女儿》、《十二只猴子》、《未来战士》、《迷离档案》、《大话西游》、《时光隧道》、《朝花夕拾》……数不胜数，大多都是很好看的。虽然时空转移的说法在理论上颇有破绽，但是想一想，一个人回到过去，对即将发生的一切了如指掌，每一句话、每一个动作都可能改变历史；或者一个人闯进未来，知道了不该知道的事情，将来也许能够回避悲剧，或是仍然只好眼睁睁地看着悲剧发生……都非常有戏剧性，稍有点水平的人就可以编得很有趣。这也许就是时空转移的作品层出不穷的原因吧。

我常常想：如果让我走进时空隧道，我想去哪里？到未来去吗？如果发现未来的我们会过得很好，不过是多一点生活的信心；如果发现未来的我们过得很糟糕，那还让我怎么活下去？以前一个算命大师说我的一个朋友会离婚，吓得她直到现在都没敢结婚哩。还是回到过去吧？地球这么大岁数了，在浩瀚的历史中，有多少未解之谜等着我去揭开，有多少苦难等着我去改变啊。可以到史前时代去看看人是怎么来的，不过这个过程想必非常非常的漫长，我转世投胎几百次都不大可能看得出来什么进展，再说那个时代太危险了，很可能我前脚刚踏出时空隧道，后脚就被恐龙给吃了，几十亿年后，科学家们从恐龙化石里发现了人类的骨头，几代学人的头发都给想白了……其实我最想回到的是中国的古代。春秋时期是不错的，在田间听听农民唱山歌："关关雎鸠，在河之洲，窈窕淑女，君子好逑……"战国就免了，宁为太平犬，不做乱世人啊。哦，最好的还要数唐朝！去盛唐的长安吧，梳一只堕马髻，穿着大红胡服，蹬一双软靴，多么漂漂。去逛繁华的东西二市，好奇地伸头看着摩肩接踵的人群，夹杂着日本和西域的留学生，男人和女人大方地俪影双双，欢声笑语……在这样太平盛世生活的人们，一定都拥有着健康和喜悦的面容吧？我可以买一只正宗的唐三彩马，不，买一匹薄如蝉翼的绢吧，做一条裙子穿，现在的商场里无论如何也买不到那么上好的绢啊。天，我真笨啊，还浪费什么时间，赶紧去寺庙里看吴道子的壁画啊！找一张纸，或是绢，或是随便什么东西，把身上的衣服脱下来也好，按在墙上，赶紧描下他的画来，描不出神，也尽力描出个形，要知道千载以后的人们，连这些壁画的影子也见不到了。或者，如果有时间，就在大街小巷到处转转，总会在一家酒店里遇上李白吧。没勇气上前搭话，扮个店小二去给他斟杯酒也是莫大幸福。也许会赶上皇帝出巡呢，踮起脚尖望一望杨贵妃的尊容吧，可惜她不会在街上当众表演一曲霓裳羽衣舞。嗯，如果去唐朝，我这般瘦干干的模样恐怕真是不易居呢，起码得增肥三十斤才行。

如果回到古代，生活上的问题还真是多多。我不会教古人做农具，不懂怎么制钢制铁，不知道如何改进造瓷织绢的技术，不擅长做买卖，不会缝衣服纳鞋，我的专业是英语言文学（或许

我应该回到古代的英国去教英国人改进英语），我靠什么才能生存？当个巫婆给大家预言未来？可是光会预言国家大事、历史宏观动向，生意一定够冷清啊。那么到朝廷去混个一官半职，给皇帝出谋划策？那时候当官和现在当官不一样，现在的我如果犯个错误，顶多让领导批我一顿；到古代的天子脚下去犯个错误，可就有掉脑袋的危险了。亏得我能想出一个高招：我可以卖文章！古文我是不会写的，但是我会背啊，我可以把苏轼、陆游、李清照等名家的诗词一篇一篇地拿到唐朝去卖啊。嗯，"生当作人杰，死亦为鬼雄。至今思项羽，不肯过江东。"这二十个字就起码能值上百十两银子。每天推出一首，隔三岔五地再写几部《西游记》、《大唐双龙传》之类的小说，也算个高产作家，结交名士，浪迹人间，生活看起来不错。只是有个问题，同仁会发现这位大诗人遣词造句以及使用的文章体裁都非常的前卫，而且一到即景赋诗或是当场联对的时候就瞠目结舌——我老人家至今作出的最工整的对子，不过是"肥皂沾水起白沫，脸盆浸衣成黑汤。"而且这种龌龊的剽窃也会害苦了后世人才：设想苏轼他老人家在中秋畅饮后乘醉而书："明月几时有，把酒问青天……"等酒醒了再一看，嗯？这不是唐朝女诗人的灰的名作《水调歌头》吗？我为何总是与古人暗合？……长此以往，定会把个大词人给逼疯了……

仅在中国的四千年历史里，想去的时空就实在是太多了。或许我应该肩负起历史重任，去说服秦始皇不要焚书坑儒，代嵇康去给钟会送点礼物，在魏忠贤还没入宫的时候就干掉他，死命拦住回京的岳飞，帮助袁崇焕悬印挂靴举家逃亡，监督曹雪芹保存全本《红楼梦》……真是把我累死一千回都做不完，还不知道一旦做完会把中国历史搅成个什么模样。

　　或许我就是应该只为自己着想，让自己和至爱亲朋的生活更美好。那么我最大的愿望是回到四十年代，找到我的爷爷，告诉他马上带着我奶奶迁居国外，美国也好，日本也好，欧洲也好，南太平洋的小岛也好，哪里都能够继续他的行医事业吧，如果他执意留下，我就不得不为他揭开二十年后的历史黑幕，他会惨遭迫害，家破人亡，他的儿子为他的过早离世郁郁终生……或许全家几代人的命运不是那么容易改变吧，那么我简单一点，回到妹妹八岁那年的生日，在离家不远的那个陡坡上截住骑自行车的妈妈，告诉她如果她敢继续骑车冲下这个陡坡，会严重损害她后半辈子的身心健康。如果这也改变不了，那么我自私一点，回到小时候去为幼年的自己找个美术家庭教师，或者把高考的第一志愿改成北大，或者在结婚后向灰相公痛陈去日本留学的弊端，一哭二闹三上吊，以腹中块肉拖住他。或者，九六年初的那个冗长的会议我拒绝参加，告诉领导这个会议会让我的颈椎受到毁灭性伤害……如果连这也不行，那么，那么，再简单一点吧，回到1980年，买下邮局里能够买到的所有《庚申猴票》！在大连定居后立即贷款买几栋西南海滨的房子！或者只回到半年前去，在日韩世界杯前投大注赌巴西队赢！或者再近一点，回上个月，借点钱，到美国西弗吉尼亚去买威力球彩票，号码填5、14、16、29、53和7……

　　每当我做这样返回过去改变未来的美梦时，总会想起看过的一个阿拉伯寓言故事：苏丹接见受他疼爱的一名青年，年轻人情绪激动："大人，请您把城里最快的骏马借给我，我此刻需飞往巴格达去。刚才我路过宫廷花园，死神正好伫立其中。他见我便伸出手来，似乎是有意威胁我。我必须赶紧逃走，躲避他。"年轻人骑着骏马飞奔而去。苏丹出去找到死神："你怎敢威胁我手下的人?""我并非有意威胁他。我只是见他还在这里,不禁吃了一惊——因为我跟他早已注定今晚会面,在巴格达。"……时光不能逆转,命运无法改变。如果我高考志愿填了北大,我可能连录取分数线都达不到了;如果老公没去日本,可能后来去非洲了;如果那个冗长的会议我翘课了,可能回家路上就遇到车祸了;如果我赚大钱了,可能随后就丢了、被抢、被偷、套牢、赔本、征缴、充公……我只能相信,存在就是合理的,发生了就是必要的,是几千年的泪水、汗水与血水成就了当代,没有前半辈子的悲欢也就没有如今丰富多彩的人生。我会老老实实地活在现在,老老实实地活着,偶尔含笑回顾过去,偶尔茫然远望,暗自猜想遥不可知的未来。

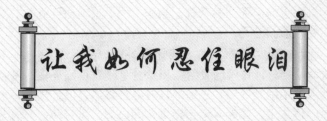

让我如何忍住眼泪

让我如何忍住眼泪——生命中至为感动的N个细节

丢勒画的手，他兄弟的手，那位因为命运的安排舍弃了自己的美术天才，供养丢勒成为名画家的兄弟的手，写满了爱与磨难的手。

卢浮宫展出的胜利女神残像，昂扬的姿态，流畅的衣纹，旁边一只小小的柜子，展示着无法接上的半只手和一节手指，于无声处，写满沧桑。

美国新闻，一位航天专家讲述：挑战者号升空前他发现飞船有致命缺陷，建议暂缓发射，但是意见没有得到重视。飞船升空那天他拒绝到现场，也拒绝收看电视直播，但是悲剧终于发生……镜头上，他那双鹰一样桀骜的白眉微微抖动，一滴老泪终于从眼中滑落。

美国电影《天地大冲撞》，慧星即将撞击地球，人类制造了一个巨大的防空洞，但还是只有一部分人能够进入避难。生离死别后，被选中的人们列队准备进入，队伍中有一对对的狮子、骆驼、象、鹿、游鱼和飞鸟……

电影《大话西游》的结尾，至尊宝借夕阳武士之身吻他错过了的爱人，遥想前生，他曾经怎样地拒绝过她……

电影《十二只猴子》的结尾，布鲁斯威利斯见到女友以自己儿时目睹的枪杀事件女主角形象出现，终于明白被杀的那个人就是成年后的自己，一切即将发生，命运不可逆转，他抱住女友流下绝望的泪……枪响了，他缓缓倒下，这时进来一个男孩，明澄的大眼，那是童年的他……

电影《父子情深》，身患绝症的孩子最后的要求是和父亲一起去游乐园，时已午夜，好心的看门人将游乐园为他父子二人打开，音乐悠扬，灯火绚烂，父子俩玩了一场又一场，儿子终于满意地闭上了双眼，父亲把头埋在他的小身体上，游览车继续转着，转着……

宫崎骏的电影，每一套电影的每一帧画面……

细川知荣子的漫画《尼罗河女儿》，凯罗尔揭示了自己身为敌国的王妃可能被利用后杀掉的可怕前景，伊兹密王子不为言传的痛："路卡，护送她回去，回到埃及王的身边去……"

亦舒《朝花夕拾》，陆宜回到未来后去探视方中信的墓，发现墓碑上的小字："宜，我永远爱你。"

怀特《夏洛的网》：威伯含着夏洛的卵囊，眨眨眼睛跟夏洛告别。夏洛鼓起最后的力气，挥了挥一只前腿。……

路遥《平凡的世界》："这是人生的心酸。在我们短促而又漫长的一生中，我们在苦苦地寻找人生的幸福。可幸福往往又与我们失之交臂。当我们为此而耗尽宝贵的青春年华，皱纹也悄悄地爬上了眼角的时候，我们或许才能稍稍懂得生活实际上意味着什么……"

周总理病重期间，因为不愿让理发的朱师傅难过，长时间不理须发。总理逝世后，朱师傅来为总理理发，看到总理的遗容，哭得几乎昏厥……

还有送总理的十里长街……

我怀孕七个月时外出办事，驾车的是单位一位老司机。路遇刚刚上路的新手，在我们的前面意外熄火，眼看就要相撞的一刹，老司机一边猛踩刹车，一边伸长手臂护住坐在副驾驶席上的我。

毕业晚会，全系毕业年级 120 名同学在舞台上齐唱："……飞扬的青春，有泪水也有笑声，你我都相信，我们曾走过年轻。飞扬的青春，点亮绚丽的缤纷，让成长的足迹走过自己。……"大幕缓缓合上，所有的女同学都哭了。

听到老爸当笑话给老妈讲他的梦："昨晚我梦见我是隆美尔，被秘密警察捉住了，要带走'处理'。我知道这一去就回不来了，一边穿鞋一边想：我本来还想多爱你们娘儿仨几年呢，可是来不及了……"

在小店吃饭，点两只烤饼，老板娘笑道："我们家的饼大，你点一只就够了。"

记者安顿的采访，一位中年妇女回顾她初恋的爱人，其实她和他从来没有表白什么，更没有什么亲密的举止，只是在一个雪夜，他送她回家后伸手拨了拨她围巾外的头发……然后两人天各一方，再也没有见面。那篇采访稿的题目：《一个动作，心疼一生》。

和美国朋友去卡拉OK，他唱一首歌叫《YOUR SONG》，我还不知道那是Elton John的名曲，只是无意中看着歌词一句一句地显示出来："It's a little bit funny, this feeling inside；I'm not one of those, who can easily hide；I don't have much money, but boy if I did, I'd buy a big house where we both could live……And you can tell everybody, this is your song；It may be quite simple but now that it's done；I hope you don't mind, I hope don't you mind；That I put down in words, How wonderful life is while you're in the world……"

张国荣去世，两万多来自世界各地的民众不顾SARS病毒的威胁冒雨守候在灵堂之外，只为向他的遗像送一支白玫瑰。出殡之日，灵车驶出，人群肃穆地鼓掌——他生前的名曲唱道："但愿用热烈掌声欢送我……"

陈升《把悲伤留给自己》："把我的悲伤留给自己，你的美丽让你带走；从此以后我再没有，快乐起来的理由。我想我可以忍住悲伤，假装生命中没有你；从此以后我在这里，日夜等待你的消息……"

最绝望的爱情歌曲："我终于失去了你，在拥挤的人群中；我终于失去了你，当我的人生第一次感到光荣。当四周掌声如潮水一般的汹涌，我看到你眼中有伤心的泪光闪动。"

我对宝宝说妈妈的四环素牙已经没法治好了，宝宝的眼泪立刻涌了出来，声音颤抖地说："妈妈你别这么说，你的牙要是治不好别人该说你不漂亮了，那我多难受啊……"跑过来抱住我，久久不肯抬头。

旅行，大明湖的荷花，鼓浪屿的鸟啼，天坛的藻井，孔庙的石柱，四合院的影壁，红漆剥落的铜钉大门，农家黯黄的窗纸，烤玉米的清香，城隍庙的丝竹，冰峪沟的大雨，布鲁塞尔的小

木屋，凡尔赛宫的石级，协和广场的喷泉，圣母院的拼花玻璃窗，迪斯尼乐园的巡游表演，银座的霓虹，八幡宫的钟声……

甲午海战，致远舰中弹沉没，管带邓世昌跳入海中，誓与战舰共存亡。他的爱犬"太阳"游到身边，衔住他的发辫猛力将他拖出海面……邓世昌挣不脱，撵不走，无奈中将"太阳"抱住同沉海底。

瞻仰《护生画集》。这是丰子恺出于对良师李叔同的敬重而发愿绘制的，在差不多五十年的时间里，不管世事如何改变，处境如何艰难，每隔十年，丰子恺就绘成一集，其画幅数与师长的年龄相同。弘一法师圆寂后，丰子恺仍遵照法师的遗嘱，画到第六集百幅画为止……

毕业多年，我们同寝室的几个好友相聚在室友的婚礼上，大家唱起当年的"室歌"："岁月的溪水慢慢流，流进了你我的心中。站在球场边为你欢呼，你跌伤我背负。夜里流星在飞渡，想象着他日的路途，晚风听着我们壮志无数。……"

风雪的冬夜，打的回家，下车后司机在巷口开着大灯，一直照着我走进楼门才驶走。

《疯丫头玛迪琴》，小小的玛迪琴得到坐飞机的机会，狂喜之后，看到了旁观的热爱飞机的好友阿贝……她对飞行员说："我想……能让阿贝代替我飞吗？……我……害怕。"

日本相扑大关小锦是相扑史上最重的选手，体重263公斤。过于庞大的体型使他转侧不便，经常被高手摔得狼狈不堪。但是当他迎战相扑界至尊横纲曙，一向战风凶悍的曙总是在将他扑出圈外后跨前一步扶住他——曙和小锦同是自夏威夷赴日谋生的相扑手。

我作过的一个梦，梦见我独自一人在一个山谷之中，面对着一株高大茂盛的梅树，树冠上繁华盛开，粉白的花瓣如雪般纷纷飘落……我从来没有见过那么有生命力的树，甚至也没有作过那么有生命力的梦……

BEYOND乐队的灵魂人物黄家驹于盛年自高台跌落，告别人世。多年以后BEYOND在演唱会上再次演唱黄家驹创作的

《海阔天空》，唱到"原谅我这一生不羁放纵爱自由，也会怕有一天会跌倒"，台上台下痛哭失声。

食指的诗《这是四点零八分的北京》："因为这是我的北京，这是我的最后的北京……"

马岭河峡谷缆车坠落事故，死14人，伤22人，受伤最轻的是一个两岁半的孩子，缆车坠落的时候他的父母将他高高举在空中……父母双双遇难……

张艺谋的申奥宣传片。

雅典残奥会闭幕式上，一群美丽的中国女孩表演的舞蹈《千手观音》。没有人能看出其实她们全都是聋哑人，要靠台侧助手的手语指点才能"看到"伴奏音乐。

日韩世界杯时值盛夏，贝克汉姆是惟一穿长袖球衣的球员。原因是他听说日本人不喜欢纹身，而他的背上纹着守护天使和儿子的名字，手臂上还用印度语纹着妻子的名字……为了尊重日本的风俗习惯，他决定穿上长袖球衣以遮住纹身。

中学时代，爸爸为了让我多睡一会儿，总是在做完早饭之后才叫醒我，等我匆忙地吃完，骑自行车送我去学校。一路上有很多上下坡，冬日的早晨，隔着厚厚的棉衣，坐在后座上的我都能听见爸爸的喘息和心跳。

大连火车站里面，一株粗大茂盛的梧桐树，四周围着护栏。树下小小的石碑上刻着："《老梧桐记》——老梧桐倚青泥之西，郁郁满盈。时火车站改扩，必迁之。然其大隐于市，阅沧桑而显迹，故更订原案，仍留此奇色于斯。惟愿绿荫披泽，古来共谈。——大连火车站扩建改造工程指挥部，2001年10月。"

中国美术馆全国油画百年大展，第一次见到徐悲鸿《奚我后》的真迹……

傍晚薄雾中，桔红色的夕阳。

二十五届奥运会，高敏获得三米板跳水冠军。领奖的时候，电视画外音："这次比赛后高敏即将退役。在过去的六年里，高敏在世界游泳锦标赛、奥运会和世界杯跳水赛保持不败，共获

70多枚国际比赛的金牌。11项世界冠军。人称'跳板女皇'。……有选手称：和高敏生在同一个时代是跳水运动员的悲哀……"屏幕上，挥手致意的高敏满眼是泪。

八十多岁的姥姥进医院作手术。考虑到姥爷的身体也不好，我们不让他去医院陪护。姥爷整天都在等报平安的电话，家人好不容易才把他劝回房间里睡觉。深夜，进姥爷的房间探视，无人，原来姥爷在客厅里抱着电话机睡着了。

《蓦然又回首》茅威涛越剧专场，精致，华美。唱至最后一折《陆游与唐琬》，茅威涛全身心入戏，在台上泪下如雨。

电影《东邪西毒》，得知爱人死后，欧阳锋冷漠而苍凉的独白："没有事的时候，我会望向白驼山，我清楚记得曾经有一个女人在那边等着我。其实'醉生梦死'只不过是她跟我开的一个玩笑，你越想知道自己是不是忘记的时候，你反而记得清楚。我曾经听人说过，当你不能够再拥有，你惟一可以做的，就是令自己不要忘记。……"

席慕蓉回忆自己第一次生产，她那身为物理学博士的丈夫在产床边哭得像个小孩子："再也不要生了……太痛苦了，我们再也不要了……"

动物园的猴山，一只母猴抱着一只已经死去的小猴爬上爬下，在一块平地上把小猴放下，拨一拨，再拨一拨，然后仍然把它抱在怀里，吃力地用单臂爬上爬下。

香港回归五周年庆祝晚会，一个男生演奏钢琴，行云流水的指法，超然物外的气质，弹到高潮之处，神情沉醉而迷茫……查了一下，他是国际肖邦钢琴大赛最年轻的金奖得主李云迪。

课间休息的时候在学校门口的荒地上摘了一支含苞的花，插在桌上的水杯里。下一堂课，这朵花就在我的面前缓缓绽放，花瓣一点一点地伸展开来……

和老公在一起的时候，每次家里大清扫，他分配给我的任务是整理瓶瓶罐罐，他自己洗衣服，擦地，清洗厨房和卫生间。

老公给我讲他前天晚上做的梦："好像是我还很小很小，妈在厨房里做饭，忽然倒下死了。我摇不醒她，心里想：妈怎么就这么死了呢，妈辛苦了一辈子，还没过上好日子呢……我赶紧拿一只鸡蛋剥开往妈的嘴里塞……我小时候，鸡蛋就是最好的东西……"

宝宝七个月时体重已达23斤，白白胖胖。每天欣赏他花生豆一般的脚趾，小馒头一样的胖手，嫩滑的小屁屁，睡觉时在枕头上挤歪的脸蛋，身上浓郁的奶香……

每天下班时分，宝宝都在门前的小花园里等我，见我出现，快乐地大叫："妈妈！妈妈！"挥舞着两只小手摇摇晃晃向我奔来……

在极地海洋动物馆看演出，南美海狮跳跃，滑行，顶球，投篮，两只前鳍抱住驯兽师，爱娇地摇动……四只海豚一齐跃出水面，在空中划出优美的弧线，浪花四溅……

请了一位美国建筑学专家来讲课。专家苍老而瘦削，无精打采。然而一讲起课来，生动，形象，广博，深奥，对所有疑难问题对答如流，全身似乎都笼罩着光华。

卢浮宫，走近卡诺瓦的雕塑《爱神吻醒普塞克》，看见爱神舒向空中的翅膀，女郎仰抱着爱神的双臂，再近一些看见爱神俯视女郎的无比温柔的面孔，没有瞳仁的双眼也满涨爱意，再近一些，看见他的面颊上极淡极淡的凿痕……

古诗词："夜来幽梦忽还乡。小轩窗，正梳妆。相顾无言，惟有泪千行。""死生契阔，与子成说。执子之手，与子偕老。""落花人独立，微雨燕双飞。""春心莫共花争发，一寸相思一寸灰。""天下兴亡多少事，悠悠，不尽长江滚滚流。""了却君王天下事，赢得生前身后名。可怜白发生。""昔我往矣，杨柳依依，今我来思，雨雪霏霏。行道迟迟，载渴载饥，我心伤悲，莫知我哀。""不知魂已断，空有梦相随。除却天边月，没人知。""伤心桥下春波绿，曾是惊鸿照影来。""涉江采芙蓉，兰泽多芳草，采之欲遗谁，所思在远道。……"

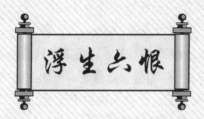

题记：生命是一袭华美的袍，爬满了虱子。——张爱玲

浮生六恨之天生数学盲

我应该算是一个比较聪明的人。我很早就会读书写字，五岁多就上了学，过目不忘，触类旁通，头两年的所有考试全部满分，每一篇作文都给贴在墙上挂着小红花，近乎神童的表现使老师们不称呼我的名字而称我为"清华苗儿"。

至于后来我险些考不上大学，那实在只是数学的错。

我是个数学盲。所谓数学盲就是对数字毫无感觉，对公式完全闹不明白，在数学题面前永远束手无策。买菜的时候我从来都是由着小贩算帐："九块钱两斤，一共三斤八两，算你十七块钱，给我二十，找你三块……"如果要我来核算的话，我就得掰着手指头和脚指头在那里站上半个小时，也许能勉强算清楚。问别人年纪："啊，你四十二岁啊，我才二十九啊，你比我大……嗯……你比我大……嗯，这个，比我大很多啊。"到底大多少呢？我得这样算：四十九比二十九大二十岁，四十二比四十九少七岁，那么他比我大二十减七等于十三岁。

在我家宝宝还是婴儿的时候，用地秤给他称体重，我自己站上去是五十三点五公斤，抱着宝宝站上去是六十二点二公斤，宝宝到底是多少斤？我想了又想，想了又想，最后还是动用了计算器才得出结果。

前些日子，我们单位的领导想让我管管财务，接过一厚迭账本，看到上面密密麻麻的数字，我当场休克，吓得领导再也不敢提这事。

我的这个毛病在小学一二年级的时候并没有显露出来，可能由于那时候的数学课程比较简单吧。上三年级，开始讲方程了，第一课我就不明白：A+B=C是什么意思？难道还有一个数字叫

做 A 吗？我的数学郁闷史从此拉开帷幕。

方程摆不清，应用题可想而知是不会解的。"同一个笼子里，有一些鸡和兔子，如果这些鸡和兔子一共有40个头，100只脚，请问笼内有鸡和兔各多少只？"我的习惯是在纸上画出一排排的鸡和兔子，分别数着头和脚往答案上对。至于一个大池子同时接水又放水问几个小时能装满那样的题，我只有咒骂那些人浪费水的份儿。

上了初中，数学分为代数和几何，名堂更多更复杂了：整数，分数，自然数，正数，负数，相反数，有理数，无理数，复数，实数，虚数，小数……你分得清吗？我分不清。周角，平角，直角，锐角，余角，补角，对顶角，同位角，内错角，同旁内角……定义都背得烂熟，可是你拿只角来放在我面前，我仍然叫不出它的名字。

等到课本上开始出现罗马字母，我的死期就到了。阿尔法，贝塔和伽马一个个面目狰狞，三角函数更是我一辈子的噩梦，至今听见 sin 和 cos 仍然有反胃的感觉。

整个中学时代，我的数学就没有及格过。不但是数学，连带物理和化学也惨遭灭门。其实物理和化学在头几次考试时我的成绩还都是很好的，等到开始运用数学公式，不及格就像现在的蠕虫病毒一样蔓延到全部的考卷。尽管直到现在我仍然对"氢氦锂铍硼，碳氮氧氟氖，钠镁铝硅磷，硫氯氩钾钙"等口诀倒背如流，但是天可怜见，我从来不知道这些口诀到底应该用在哪里。

我的历位数学老师都对我印象深刻，因为很少遇到我这样每次考试都能把全班的数学平均分拉下一两分的学生。他们在上课时是从不提问我的，反正我总是答不上来。有一次上公开课，数学老师一时糊涂，让我到黑板前去画个对数函数曲线——他见过我画的素描，认为会画画的人画图也应该不错——我完全

不知道对数函数是什么东东，捏着粉笔站了五分钟，结果数学老师的脸和我的脸一样红，一边抹汗一边摆着手让我回去。

高三时，有位数学老师非常负责任，决心为我个别辅导，在到我家讲了三次课仍然没能使我明白因式分解是怎么回事后，终于抓狂，掩面而去。

很多人不明白我这个数学白痴是怎么考上高中的，又怎么会有勇气一直念着书要考大学。其实除了数理化，我的其他科目成绩都很出色，随便哪一科都比数理化三科的成绩加在一起还要高。高二那年分了文理科之后，甩掉了物理和化学，我的总成绩甚至到达了班级的中上等，不算数学的话，是能够确保前三名的。到我高考的那一年，由于数学题出得太难，落分不大，我以高出录取分数线六十多分的成绩考入大学，名列全校第一。大学里没有了数学课，我摇身变为尖子生，连连荣获一等奖学金，捷报传回母校，老师们百思不得其解。

事情到了这里本来算是苦尽甘来了，至于最近遭受的那次打击，实在是我自找的。因为毕业很久了，觉得有必要考个硕士学位，虽然有保送去读马列主义哲学硕士的机会，但这个专业我不喜欢，想去读对我的工作比较有实际意义的工商管理。一看招生简章，数学赫然名列考试科目之中。当时我是猪油蒙了心，吃了豹子胆，不见棺材不落泪，不撞南墙不回头，慨然决定报名备考。这可把我们全家的下巴都震落地上收不回来。数学啊！是高等数学啊！是连初等数学都没有学会的我从来没有学过的高等数学啊！我老妈对我的决心佩服得五体投地，拍胸脯说如果我考上学费由她出。

接下来的半年，我夜以继日地研读微积分、线性代数和概率论，呜，我做了多少笔记，背了多少例题啊！可是到了考场上，虽然知道那道题和例题是同一种类型，仍然干瞪着眼不知从哪儿下笔啊！

拿着惨不忍睹的成绩单，我痛定思痛，彻底放弃了这辈子再去招惹数学的念头。我也终于得出了自己的结论：我的数学如此之烂并不是像我一向以为的那样是因为自己不用功——我从来就不是个用功的学生，但是文科成绩一直都很好啊——而是因为我是天生数学盲。似乎世界上这种人还真是有很多，起码在女作家中，张爱玲、琼瑶、三毛、席慕蓉都承认自己有这个毛病，亦舒和张晓风好像也不是一般地偏科。有的文章里说，偏科是具象思维和抽象思维发展不协调的表现，就是说大多数人的具象思维和抽象思维是均衡发展的，而有的人则偏重得很厉害。如我，能用眼睛看见或者能够转换为画面的东西我很快就能明白，能记住，对线条、色彩、图案超常敏感；而不能直接看见又无法转换为画面的东西，我就要费些功夫才能理解和接受，甚至完全不能接受。

同样是一首诗，写在纸上看一遍，我能背个八九不离十；如果是念给我听，我就必须得在脑海里把它转化成文字才能记住，否则念多少遍都没用。同样是文字，我对中文兴趣异常，对英文则毫无感觉，那是因为中文是具象文字，英文是抽象文字，中文的"悲"字用象形表达了心头的莫大痛苦，而英文的"sad"只是几个字母的组合。这也正解释了为什么我的数学那么烂，立体几何却学得很好，解析几何又完全不行，那是因为立体几何是具象的，数学的其他理论都是抽象的。

这个结论也许没有什么科学性，但是用在我自己身上十分贴合，于是我安心地接受了。我所不安的只是：如果这种单一思维模式会遗传——从我的老爸老妈和老妹的情况来看，那简直一定是遗传的——那么我的后代会不会也沿袭我的悲剧？

万幸的是，我嫁到了一个地道的理科家庭：我的公公是物理系毕业，婆婆是化学系毕业，灰相公是医学系毕业，中学时代是数学科代表。灰相公的特长与我正好相反：他的心算速度跟计算器有一拼，而欣赏美文或图片时十次有九次会酣然入梦。

灰相公家族的遗传基因超强，几代人的相貌简直像是克隆出来的，所以我的宝宝呢，不但长得和灰相公一模一样，思维方式也如出一辙，从懂事起对按钮、开关以及事物的原理和变化表现出异常的兴趣，三岁时就会照着线路图用电子积木安装各种警铃，这是我老人家这辈子都没法搞明白的。

去年冬天下大雪，我剪了一朵极尽妍丽的雪花给宝宝看。宝宝并没有照我的期望夸奖雪花的美丽或者我的灵巧，而是研究性地问我："妈妈，雪花真的是这个样子的吗？为什么我看到的雪花是一团一团的？是所有的雪花都是这个样子的，还是只有你照着剪的一朵是这个样子？为什么你只是斜着剪了一下，打开纸就是六个角？要折几折才是六个角？如果再多折一折，剪出来会是多少个角？为什么你剪的这个三角形打开之后成了星形？你在这里剪一个洞的话，打开之后会是多少个洞？……"

我尴尬地笑着："呃，宝宝，我给你讲个雪孩子的故事好不好？或者我教你背一首关于雪花的诗？……"

浮生六恨之伤心运动会

大学里有一位物理系的男同学姓苏，给全校师生都留下了深刻的印象。苏同学身高一米八五，相貌英俊异常，被誉为大眼版贝克汉姆。他是学校国际标准舞代表队选手，精擅探戈与华尔兹，在全国大赛获过奖。他拥有一把好嗓子和极佳的台风，演唱的歌曲永远是学校联欢晚会的高潮。他在校系学生会都担任职务，为人谦和，勤奋好学，年年被评为优秀学生干部。

一般地说拥有上述条件之一就足够成为学校的风云人物了，要命的是苏同学还是一位出色的体育健将。入学后第一次全校运动会，苏同学一举打破了100米、200米、400米以及4×100米和4×400米五项记录，此后又被他本人三次刷新，至今无人能破。在4×400米接力赛上，一向在体育方面薄弱的物理系勉强凑了三个选手与苏同学搭队，那三位英雄跑得牙咧嘴仍然落在最后，到第四棒，苏同学上阵，闪电不足以形容气势，奔雷不足以形容其速度，雄鹰不足以形容其矫健，骏马不足以形容其飘逸……百米之闪内就超越了所有选手，遥遥领先，轻松撞线。

我是苏同学的忠实影迷。我至爱看他在赛场上风驰电掣的身影和从容的姿态。说起来我欣赏一切在运动场上纵横驰骋的健儿，无论是在国内大赛夺标者还是仅在身边运动会上跑出点成绩的小人物。运动这个词本身就带有非凡的动感，运动员的奔跑、跳跃、投掷及对抗能够激发起人类原始的野性与豪情，尤其是在与集体荣誉相结合的时候，谁能不紧张，谁能不激动，谁能按捺得住心头的狂热？我就是那最狂热的分子之一！学校的运动会里，我为每一个冲过我面前的运动员摇旗呐喊，擂鼓助威，组织同学们高唱加油歌，送水上前线，撰写一麻袋一麻袋的赞美诗来投给广播站，赞运动员，教练员，裁判员，检录员，

卫生员，记分员，拉线员，广播员，辅导员……

　　我就是无法上场比赛。没有一个运动项目我能参加。跑步的速度太慢，又不能耐久；手腕无力，铅球和标枪举起来都费劲；跳远几乎是原地停滞；跳高永远会把横杆踢飞。从小学到大学，我所在的班级体育成绩一直不行，运动会上往往都是只能得精神文明奖的份儿，可就算这样，仍然有足够的同学能够上场比赛，排多少名都排不到我。只有一次，运动会设了一个女子一千米竞走项目，班里没人肯上，又不许空项，体育委员急得头发都白了，最后是我自告奋勇顶缸。比赛的时候，我在同学们排山倒海的助威声中奋勇前进，标准的竞走步伐赢来大家欢喜赞叹。在所有的选手都超出我一圈以上的时候，好几位裁判老师凑过来对我喊："跑吧，跑吧，跑两步没事的！"我悲壮地谢绝了老师的好意，坚持一丝不苟地扭到终点。要到很久以后我才明白老师们要我跑两步并不是偏爱我，而是因为实在太着急了：我使整个运动会的赛程拖延了将近半个小时。

　　人生在世，各有各的舞台，我知道不能要求上天的眷顾都落在我一个人身上，我知道不能强求自己样样都是第一，样样都拿得起、放得下。可是运动会我拿不起来也就罢了，日常的晨练，体育课，课间活动，我也从来没有拿得起来过。我的爆发力、弹跳力、柔韧性和耐久性都差得离谱，两条看起来很灵活的长腿一到操场上就像大象腿一样沉重。小时候和小朋友玩警察抓小偷，如果是我当小偷，游戏很快就结束了；如果是我当警察，玩到天黑也结束不了。跳房子，总是会踩线。摸远时，再卖力气去跳也会被人轻易地摸到。丢口袋，无论多少人上，最先下去的总是我。跳绳，我只能跳一下，停一下，跳一下，停一下，所有花式一概不会。踢毽子就更别提了，长这么大还从来没有踢到过第二下。玩跳皮筋时，我一向是"商伙"，就是无论哪伙上场我都跟着上，并不是我受欢迎，而是因为哪伙都不愿意要我。

　　多年的学生生涯中，我养成了回避课间活动的习惯，同学们在操场上疯玩时，我一般是在看书、画画、聊天、下棋、讲故事。但是体育课是不能回避的。中学以前的体育课不太受重视，比较好混；进了大学，体育课成了惟一使我在及格线上下痛苦挣扎的科目。学排球，排球到了我手中总是从违背自然规律的怪异角度斜飞出去。学足球，我根本沾不上球边，基本上是在做长跑运动。学篮球的时候，我险些被接住的第一只球打折大拇指，以后自然是再也不敢碰了。俯卧撑，我这辈子还没有做成过。跨栏——开玩笑，我像是个能跨栏的人吗？惟一勉强学会的是健美操，但是每一个动作都不到位，因为腰身宁折不弯，踢腿下腰之类的动作是做不来的，大劈叉更成了我的绝境。期末考试，体育老师对我的评语是："肢体协调性较差。"我悻悻。说白了不就是笨手笨脚么。

　　那次期末考试还测试了八百米，第一次测试我不及格，第二次，在班级体育委员的热心领跑下，我千辛万苦，跋山涉水，跌了一大跤，把下巴底下都摔破了，终于熬到了终点，老师叹着气判我为60分。

　　几天后我在路上遇见了苏同学，他问："的灰，你的下巴怎么了？"我说："跑八百米摔的。"苏同学骇笑："怎么会伤到那里呢？你是怎么跑的？"

　　我歪着嘴巴，飞速地动着脑筋：我怎么敢引他想象我伸长着脖子，前倾着身体发足狂奔的惨状？

　　这时候我们正走在宿舍楼前，不知哪个天杀的泼了一滩水在那里，结成了厚厚的冰。苏同学双手依旧插在衣袋里，轻松地抬起一只脚滑了过去。而我，我的两条胳膊舞得像风车一样，身体前仰后合，终于还是跌出三米多远，趴在苏同学的脚下，书包，饭盒，墨水瓶，围巾，眼镜，飞向四面八方。

浮生六恨之我为歌狂

我就直说了吧：我多么多么多么多么多么多么想唱一嗓子好歌啊！

我唱歌跑调是像谁了呢？老爸和老妈唱歌都不错啊！我老爸的音乐细胞都遗传到哪儿去了呢？听他唱起《莫斯科郊外的晚上》，用口琴吹奏《解放军进行曲》……谁会相信我是他的女儿啊？包括我妹妹，都是参加过全市歌手大赛的呢。

我偏偏还是个爱唱歌的人。学习，玩乐，劳动，休息，甚至走路，都哼哼呀呀地唱着半生不熟的歌曲。我一向觉得自己的嗓音还不错，尤其是在卫生间里独唱的时候。可是大家就是不喜欢听我唱歌，说我唱歌发音不准，找不着调，没味道，干巴巴。连我在家里自唱自乐，都会惹来我老爸的惨叫："的灰乖女，求求你别唱了，一听你唱歌，我一辈子的伤心事都想起来了……"

前一阵子我回娘家，去厨房刷碗，放声高唱我的刷碗专用歌《牧羊曲》："日出嵩山坳，晨钟惊飞鸟。林间小溪水潺潺，坡上青青草……"多么美好的景象，多么天真的年华，想儿时的我每次刷碗都喜欢唱这支歌……这时候我回头见老妈倚在门边，正痴痴地望着我。——还是老妈是我的知音！老妈一定也想起了我小时候的可爱模样吧！——我正待展颜一笑，她老人家叹了口气说："的灰，这首歌你唱了二十多年了，就没有一次唱准过！"

当然啦，歌儿唱不好应该不会影响人的一辈子，起码考大学是不考唱歌的，而且现在也不流行唱山歌找男朋友了——如果是那样，我是一准儿要做老姑婆的了——应聘工作也不用唱歌啊，除非我发大梦想当歌星。歌儿唱不好也没影响我从小到大

都是学校和单位的文艺活跃分子，因为我组织联欢会、主持节目、编排短剧、朗诵、小品、相声、快板、三句半……都是很拿手的。同学们给我总结是"说得比唱得都好听"。——可是唱歌唱得好真给人加分啊，这一点我就不细说了，相信大家都有体会。每次我看着在舞台上挥洒自如的歌手同学，那份羡慕加嫉妒啊。

谁能想到，上班以来，唱好歌成了我工作中越来越迫切的需要！因为我经常请客吃饭，经常接待来宾，经常和三教九流的人物聚会，酒酣耳热之余，个个都想抢话筒唱歌！一般这样的场合我都使劲往后躲，不过还是有很多躲不过的时候。有一次接待一大批台湾客人，席间大家纷纷表演节目助兴，吹拉弹唱干什么的都有，热推的灰女士献歌。好在我灵机一动，给大家献了一曲《长恨歌》，将白居易老先生的这篇名作流水似背将下来——到底是同文同种的同胞啊，台湾朋友激动得欷嘘不已，掌声如雷，我也顺利度过难关。接待日本朋友的时候，背诗是不管用了，我的秘技是唱《假如幸福的话拍拍手吧》："假如幸福的话你就拍拍手，啪啪；假如幸福的话你就跺跺脚，咚咚……"日本人在这方面很有童心，无论是年轻人还是白发苍苍的阿公阿婆都积极地跟着我拍手跺脚，我的荒腔走板就都被淹没在一片兴奋的鼓噪之中。

接待欧美的朋友就比较难受了，我至今还没能发现一种娱己娱人的捷径。上次ABB电力公司来访，客人是两个小伙子，一位叫理查德，一位叫汤姆逊。洽谈一谈谈到深夜，这两位年轻人仍然精神抖擞，提出去蹦迪。光蹦迪还好说，在我的一把老骨头都快蹦散了的时候，他们又想去唱卡拉OK。点唱机前，理查德热情地向我推荐着各色英文歌曲：这一首你不会唱吗？那么老一点的，这一首？也不会唱？《今夜感觉我的爱》会吧？那么《斯卡堡集市》你一定会唱吧？《月亮河》？呃，听说你们都会唱《雪绒花》……呃，那么……什么？《小星星》？……

其实这些歌我是都会唱的，只不过不能在人前唱。最后我选了一曲《乡村路带我回家》——这首歌经常听，也许不会跑调太厉害。理查德快活地拿了麦克和我一起唱，并且不断地催促我：大声，大声。于是我真的放开嗓子唱了起来。唱完后在点唱机的自动掌声中回到座位，我看见理查德的头上流着汗，在悄悄地对汤姆逊做着疯狂过山车的手势，那时候，我的老心，噢，我的老心……

没有走不完的路，没有翻不过的山，一个篱笆三个桩，一个好汉三个帮，一支竹篙难渡海，众人划桨开大船！经过三番五次的难堪和尴尬，我的同事们终于忍无可忍，决定为我的歌艺进行专门训练！用他们的话说："哪有天生就能唱好的？唱歌也是练出来的！"我们一大群人跑到钱柜去，头凑着头翻选有培养我唱好之前途的歌曲！我们整整唱了大半夜，大伙儿全都声嘶力竭，但是，终于找到了一首我唱起来一点都没有跑调儿的、高峰和低谷都不至于破嗓儿的、从头到尾都字正腔圆的、非常适合我的个性和风格的、声线酷似原唱几乎可以乱真的好歌！

那就是：男！儿！当！自！强！

浮生六恨之明镜高悬

明镜已经在我的鼻梁上高悬了十九年了。

对于我一定会是近视眼这一点，我在出生之前就有了充分的思想准备。书上说了，近视可以是显性遗传，也可以是隐性遗传，也可以是Y染色体遗传……而且越严重的近视，越可能是父母的遗传。我近视得不算太严重的时候也只有出生之前了，到上初中时，就已经必须得配眼镜戴了。值得欣慰的是我的后天保护还算精心，至今只发展到了六百多度，算是全家最低的度数。我们去拍全家福的时候，一家四口十六只眼睛在镜头前熠熠发光，我老爸建议摄影师不要在照片上写什么"和和美美"的，要写"书香门第，眼镜世家"。

近视真是一件很麻烦的事。话说参加高考那年，有消息说高度近视者不许报考，可把我紧张坏了。不过上政策，下有对策，不就是考视力表吗，我一狠心花了几天把视力表背熟了。但是体检的时候，我摘下眼镜往台上一站，叫声苦也，不知高低……我完全看不见老师指的是视力表的哪一行。幸亏老师慈悲，给我填了个0.4，没算我全瞎。

平时，近视带来的麻烦更是罄竹难书。比如说老远走过来一个熟人，本来我是应该打招呼的，可是我看到的面孔却是一张白板，需要使劲地眯着眼睛，仔细打量他的衣着、姿态，才能在他走到面前时福至心灵："啊！是您哪！……"化妆的时候，得把脸贴在镜子上，否则就会画成李逵。冬天走进房间里时，在头几分钟完全不能看见东西，因为眼镜上必然有一层厚厚的雾气。喝热水的时候也是的，眼镜向杯子一凑，立即变成一副墨镜。光线稍暗点就没法看书。欣赏风景的范围极为有限。钟表必须放在枕边，否则需要从热被窝里爬出来看表。在洗澡、游泳等不能戴眼镜的时候就更糟糕，大家经常看见我瞪着一双迷

茫的眼睛到处找东西找人，最惨的时候是在找眼镜。

　　有的人就那么好奇，老想看看常戴眼镜的人摘下眼镜是什么模样。我跟你说，我个人觉得，让我当众摘下眼镜和让我当众脱下衣服的感觉是差不多的。所以眼镜从来都是牢牢地长在我的鼻梁上岿然不动。连我的宝宝见到我不戴眼镜的样子都会吓一跳："妈妈怎么光着眼睛！"光着眼睛的我，认不出别人，别人也认不出我。有一次正在家里洗头，有人敲门，我没有戴眼镜就去开门了。见是一个挺眼熟的女人，我问："您找谁呀？"对方看了看我，说："的灰在家吗？"我赶忙拿来眼镜戴上一看，原来是我的同事，在办公室里坐我对面桌的。

　　近年来隐形眼镜很流行，同事们都劝我配一副戴。他们说好多电影明星都是大近视的，但是人家戴了隐形眼镜，看起来就不像我这么傻头傻脑。而且我的老眼镜质量是不怎么太好的，镜架已经松了，直往鼻尖上滑动，镀的金属逐渐脱落，露出了斑斑驳驳的暗色。镜片的度数也跟不上近视发展的速度，现在看远处的东西颇有些朦朦胧胧了。

　　但是我想了又想，拖了又拖，一直都没有去重新配。我的眼镜，老眼镜，已经戴了这么多年，已经发育成脸上的一个器官了。它戴起来虽然不太合适，但是久了也就适应了，我的鼻子两侧压出一对浅坑，双耳向前倾斜，眼镜戴上去，适得其所，十分妥贴。每天的摘摘戴戴，扶扶擦擦，对我来说都是条件反射，完全不用经过大脑。清早，我醒来的第一个动作就是摸索它，好像不戴上它就找不到自己似的。洗脸的时候，经常忘记摘眼镜就直接把水扑到脸上去。我知道它的每一颗螺丝在什么时候会松，知道它倾斜到什么角度时看东西最清楚，知道我在大家的眼中是什么样子，彼此都没有陌生的感觉。如果现在让我换一个新的，质量再好，款式再新，又有什么好处呢，起先我一定会觉得晕乎乎的，要经过一个十分难受的过渡期才能适应，然后它可能会卡鼻子，可能会夹耳朵，可能会娇气得不能磨不能碰，可能需要经常地用药水打理……我为什么要给自己找这样的麻烦呢？用了多年的那一副，熟络到察觉不到它的存在的那一副，应该就是最适合我的那一副吧。

咦，我在说的是眼镜吗？听起来不是不像婚姻的。

浮生六恨之但愿长睡不愿醒

每天早上的例行对话：

"妈妈，我醒了。"

"……"

"妈妈，我要起来了。"

"……"

"妈妈，你怎么还睡啊！"

"……"

"妈妈，你是一只大，懒，虫！"

"……"

　　我一直想不明白的一件事情就是：为什么能睡的人总是不想睡，想睡的人总是不能睡？

　　我那宝宝每天和我一起入睡，早上总要比我先醒个把小时，你说他又不上班，着急醒来干嘛？倒是我这个上班的，把闹钟放在枕边，就算醒了也一会儿瞄一眼，一会儿瞄一眼，不蹭到铃响不肯起来。

　　或许，睡懒觉的人就不应该生宝宝，生宝宝的人就不应该上班——当然了，上班的人也就不应该睡懒觉。

　　可是我实在太想睡觉了，总是想。睡觉是一件多么美好的事啊！我这辈子睡得最好的一段时间就是去日本那半年，整天无所事事，除了做饭就是睡觉。灰相公的习惯是午夜入眠，我也跟着同眠；早上七点钟灰相公上课去了，我继续眠；中午十一点钟爬起来做饭，等灰相公回来吃；灰相公饭后回学校，我开始眠午觉；灰相公傍晚回来时，经常撞到我埋在被窝里还没起来。灰相公给我起外号叫"大母猫"，说他以前养的一只大母猫就是这么整天睡啊睡啊的。灰相公他老人家是不理解我这种睡法的——他的觉少，一天睡个六七小时就精神抖擞，要他昼寝是很难的——好在也没干涉我，由着我继续做我的大母猫。我们俩出门旅行的时候，我在飞机上睡，在火车上睡，在颠啊颠啊的大客车上也睡个没完，灰相公一个人目光灼灼，守着我们的行李。

　　天，那段时间，我的精神是真好，回来上班后整天斗志昂扬的，加班都加得有劲头。可惜好景不长，储存的这点好觉用光后，瞌睡虫继续时时刻刻地袭击我，每次在美梦中被闹钟惊醒总是万念俱灰。洗脸的时候照镜子，见自己缺乏睡眠的面孔灰暗无光，眼睛红红肿肿，不是不想息劳归主的。不知道人们为什么要自己折磨自己，把上班的时间定在八九点钟？大伙儿晚上班两小时，世界就会灭亡咋地。

每天上班，我第一件事总是做一杯浓浓的咖啡。否则到了中午就困得睁不开眼睛了。如果中午前后要开会，那就更糟糕，我需要出尽白宝防止自己在领导眼皮底下睡倒。以前办公室里我的座位旁有一组沙发，每天午饭后我扯条大毯子蜷在上面像一条眠着的蚕。现在这组沙发移到门口去了，我也就告别了午睡——我再粗犷也不能让每个进门的人都看见我的睡姿吧。唔，午睡，午睡，多么温馨的回忆啊！想我上大学那时候，夏天的中午宁愿旷课也要睡足了才起身，然后到晚上仍然能睡着，第二天早上仍然起不来……

不过那时候也真是年轻的，想睡就能睡，不睡也没什么，曾在一周内熬四个通宵，白天一样精神抖擞。现在，熬到后半夜就已经痛不欲生，连补多少天的觉都缓不过来。我想如果现在敌人抓了我去审讯，也不用严刑拷打，几天不让我睡觉我就全招了。人缺觉的时候情绪是极不稳定的，比如说我，一向温良恭俭让的我，竟然在一次彻夜未眠后与人暴吵，忿忿地把电话都摔了。睡了一整天醒来，思绪飘忽，神完气足，我温和得像个土地老儿，心里大大地后悔起来：为什么要跟他吵啊？多大个事儿啊？我是发什么神经啊？

最近睡眠就特别不好，躺下睡不着，睡着了之后醒不过来——我是必须在半夜醒来一次叫宝宝去便便的——醒来之后又睡不着，睡着了之后早上爬不起来。我的梦一向多，现在更是像发洪水一样，而且总做些工作上的梦，在梦里做完第二天要办的所有事情，醒来后比没睡还累。最近还有一件常常梦到的事就是写文章，正在写的这个"浮生六恨"不断地进入我的梦，在梦里翻捡三十年的人生，大恨小恨充塞胸臆，而且变成句子，一个字一个字地用全拼在脑海中打将出来……真不知道我到底是不是真的睡着了。

周六马上就要到了，又可以睡大觉了。不知道职业妇女是不是都像我这样但求一好睡而不可得？唉，安得假期千万天，大

庇天下寒士俱欢颜，风雨不动睡如山？呜呼，何时眼前突兀见此出，吾独不能入梦瞪眼死亦足！

浮生六恨之家传宝虱

许多朋友看了前面的几恨之后，都惊喜地告诉我："终于找到了大部队！"原来这么多人的锦袍上爬着系出同门的虱子。人生不如意事，真的是十常八九啊。不过有的虱子恐怕还是比较稀有的，像我这样运气比较衰的人才会有的，比如我的家传宝虱——晕车。

儿时没发现自己晕车，因为那时候生活在一个偏远的县城，坐车的机会少。上大学后，这项绝技终于得以曝光：坐电车晕，坐汽车晕，连坐慢腾腾如乌龟爬的有轨电车也晕。一般来讲，所有的线路都不能坐到终点。就因为这个，整个大学四年我极少逛街，大大地省了一笔银子。四年级实习的时候，实习点距我的学校六站路，每天跑一个来回对我真是莫大折磨，好在当时买了月票，我坐一站，走一站，再上去坐一站，再走一站……硬是捱了过去。

毕业上班，工作要求我必须天天坐车。我是怎样痛苦万状地在那个钢铁怪物上修炼啊！单位很多司机都认为我这个人脾气不好，因为坐在车上的我永远是黑口黑面，不苟言笑，很多时候哭丧着脸，问话都不回答。好在同事们渐渐都理解了我，知道我在车上的毛病多，出门的时候都照顾着我：不要让的灰坐后座，的灰被包围着会晕；不要把窗户关严，的灰见不着风会晕；不要把空调开太大，的灰暖过头了会晕；不要拉窗帘，的灰看不到外面会晕；不要刹车太猛，的灰颠到会晕；不要转弯太急，的灰晃到会晕；不要在车里放香水，的灰闻了会晕；不要听热线广播，的灰听了会晕；不要让的灰在车上找东西，的灰低头会晕；不要问的灰问题，的灰动脑筋会晕；不要让的灰饿着，的灰空腹会晕；不要让的灰困倦，的灰睡不好觉会晕……和我做同事是多么不幸的事情啊！

其实有些事情同事们还不太知道：我不仅晕汽车，坐那种密闭的空调火车也会晕的，晕船和晕飞机更加不在话下。我甚至不能去洗桑拿，因为会晕堂；不能长时间开会，因为会晕会；还不能反复地坐升降梯，因为会晕梯。

有同事说："的灰你是我见过的晕车晕得最厉害的人！"我叹息道："那是因为你不认识我妈。"

我有充分理由相信我的晕车纯属遗传。因为我老妈的晕车那叫一个严重，晕车晕到她那个程度，基本上只能用惊世骇俗来形容了。老妈这一辈子无论上学还是上班都选择在家门口，就是因为没法坐车。不仅不能坐车，就连看电视时出现了开车的画面，老妈也会立即起身躲开，因为时间长了会晕。也是因为这个原因，老爸从来不能当着老妈的面玩他爱玩的《极品飞车》游戏，因为她一见之下，必晕无疑。有一次老妈在卧室里看书，老爸在书房里玩《极品飞车》，过了一会儿老妈苍白着脸出来，请老爸把电脑的音箱关掉，因为汽车发动机的声音使她晕车了。

听过老妈对老爸说："我死了之后，你可千万别用汽车拉我去

火葬场啊。我会吐得一路的。用三轮车吧，或者马车，用自行车驮去也行。"老爸很认真地思考了一下，说："还是我背你去吧，我保证让你连车边儿都不沾。"

实际上，我逐渐发现，晕车其实并不是不治之症，关键还是在于锻炼。上班多年，经过天天坐车的地狱式特训，如今的我已经能够不动声色地乘坐小轿车了，虽然总还是不舒服的。公交车呢，基本已经搞定了。有一次出差，从大连到沈阳四个小时的车程我都撑下来了，令同事惊喜异常："的灰，你现在不晕车了啊！"我摇头苦笑。其实晕车的人都知道，跑高速并不容易晕，跑市中心才考本事，尤其是塞车的时候，一步一顿，健康的人想不晕都难。如果遇上饿饭，缺觉，忙乱，身体不适，心有旁骛……该晕还是要晕的。

家人深知这一点，因此对我坐车还是一百个不放心。宝宝一岁半的时候，我带他去市区另一端的劳动公园玩，准备乘出租车。这是我第一次带宝宝出远门，爷爷奶奶千叮咛万嘱咐："小心啊！把孩子抱住啊！带好清洁袋啊！晕得再厉害也别把孩子丢了啊！不要让别人帮你照看孩子啊！实在不行了赶紧给家里打电话去接啊！千万别吓到孩子啊！……"我把胸脯拍得当当响，说现在我已经不大晕车了。

在出游的前夜，我睡了一个大好的觉，第二天一早吃了一个饱饱的饭，精神抖擞地领着宝宝出了门，乘了一辆干净整洁的出租车，嚼着味道清新的口香糖，感觉好极了，妙极了，眼看劳动公园就在眼前了，谁说我晕车？……

这时候宝宝抓住了我的手，呻吟道："妈妈……到了吗……难受。"

我惊恐地抱住他，发现他脸色惨白："宝宝，你怎么了？哪里不舒服？"

宝宝挤出两个字："下——车——"哇地吐了一口奶在我手里。

——新的恶梦开始了。

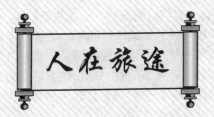

人在旅途

人在旅途之西安

我喜欢旅行。我喜欢在平板的生活中寻求一些变化，喜欢远离我早已熟悉的一切，眺望陌生的风景。我喜欢异乡的空气，有特殊的味道，让我感受不一样的生活。我喜欢有这样的机会，有分寸地放纵一下自己，摆脱长期以来的倦怠心情。

我喜欢一直拖到临行的最后一天才收拾行装，在有限的时间里动着脑筋考虑可能遇到的一切问题。我喜欢在夜深人静的时候把自己的衣物一件一件迭拢放进箱子，感觉就像是在整理自己的生命。我喜欢带多多的钱，尽管也有遗失的危险，但让我一路上心里踏踏实实。当然我更喜欢两袖清风走天涯，遗憾的是那不是属于我今世的生活。

我喜欢坐飞机。我喜欢满心激动地等待起飞的那一刻，喜欢飞机启动时发动机的轰鸣，喜欢机身撕裂空气的刺耳风声。我最喜欢飞机离地的一刹，那真是飞翔的感觉，整个身体都悬空在天地之间。我带着想象的翅膀向天际飞去，冲向未知的虚空。我喜欢紧紧贴着舷窗眺望外面的一切，大地在倾斜，在旋转，所有的景物都蓦然远去，越来越小，山河和城市都变成了精致的模型，似乎伸手可以触及，实际上又那么的遥远。我喜欢看身边飘过的云彩，有的一缕缕如无缝天衣，有的一团团如洁白的飞絮，还有的一层层有秩序地漫布天空，微妙的色彩难描难画。我常常盯着那些厚厚的云朵看，想象它有形有质，就算跳落上去都不会穿破。我喜欢想象踏云而行的无限享受。不过我最喜欢的，还是在雷雨的天气里飞翔，尽管周围电光闪闪，飞机颠簸摇晃，但向外看去，黑压压的乌云如峭壁一般高耸堆叠，那种沉默而疯狂的威势令我倾倒。

传说黄河也是一条疯狂而有威势的河，但我第一次看到黄河，是在这样的高空俯瞰，黄河只是一条静静的细带子，而且不是江河正常的颜色。我看到沟壑纵横的黄土高原，千百年来祖先就是在这样的环境下奇异地生存下来。我不觉得黄河可以做为民族的骄傲。把美妙的大自然作践至此，黄河是耻辱的印记。

但是黄河边上的西安城，那份豪放的真性情和悠远的古意确实令我倾倒。我喜欢凝望厚重的古城墙。古老的吊桥令我想起两国交兵的惨烈。我喜欢在西安的街头处处发现若无其事的古建筑，有着饱经风霜而依然精致的细节。我喜欢游荡着观看满街满巷的文物字画店，尽管全是赝品，那种盎然的古意仍然令我心折。当然西安也有现代城市的风采，在高新区内体现得异常明显，但没有什么能比历史的沧桑更加牵动我心。我也喜欢农村妇女粗制滥造出来的虎头鞋，花背心，独特的风格使我不顾被宰的晦气买将下来，在一路的把玩中温柔地想起我的宝宝。

行色匆匆，我没有时间细细品味西安的风韵，但我庆幸在繁忙的工作中还能够赴一些名胜古迹拜谒。我崇敬秦皇陵的兵马俑。可能是由于受到李碧华作品的影响，我一直觉得兵马俑的陶身里涌动着生命，这种感觉在今朝终于能够真正接近兵马俑时更为确实。我将鼻子挤扁在玻璃柜上，如痴如醉地盯着每一尊塑像。据考证当年的工匠是以彼此为模特塑成陶像的，这更增添了每一尊塑像的生命感，我凝视他整齐的毛发，细致的衣纹，深邃的眼和轮廓分明的双唇，看着俑坑里整齐的军阵沉默地矗立，这成千上万个陶俑形象各异，眉目如生，连举起的手指都充满美感，令我感动至不能呼吸。据说兵马俑只是秦皇陵浩瀚奇迹中的一角，我已不能想象千百年前的古人还给我们留下了什么样的惊叹。

时光无法倒流，我们不能知道千百年前的人们是如何具有这样奇异的智慧和精妙的美感。秦皇铜车马的车盖圆阔而均薄，现代的工艺已无法复制。专家也无法搞清那样巨大的陶马是怎样烧制出来的。陕西历史博物馆里的古剑，被石像重压了千年却弹性依旧，锋利的剑刃莹莹地发光，古人在没有电的情况下是怎么为它镀上了永不生锈的铬？我看到七千多年前的蓝田人制作的陶器，我觉得最美的还不是那著名的人面鱼纹盆，而是一只素色的水罐，也许那时候还没有发现颜料吧，但天才的制

作者在罐身上刻了单纯而细密的纹理,在那样茹毛饮血的年代,也有对美的追求,使他耐心地在水罐上刻上这许多看似无用的花纹,我几乎为这份温柔的心思落泪。还有那描绘着抽象线条的陶盆,图案细致至几乎无法看清的青铜器,柔润温泽的玉佩,细薄得透明的瓷杯……我深恨没有可能回到远古,亲眼见一见这些具有非凡智慧,却没有为自己留下蛛丝马迹的古人。"天空中没有翅膀的痕迹,但我已经飞过。"我只能贴着玻璃柜,屏着呼吸,看着似乎有知有觉的古物,带着先人的手泽,沉默地雄踞。

我也喜欢今番到达的北京,上海,但紧凑的日程使我无法尽领都市的风貌。在北京的两天,我只能在汽车的往来穿梭中欣赏那些韵味悠长的地名:公主坟,手帕口,木樨地,莲花道,西直门,紫云里……直觉得每一个名字背后都有一个沧桑的故事。上海也是一个有故事的城市,古典与现代交错,传统与潮流共存。我喜欢金茂大厦的超凡脱俗,博物馆的美仑美奂。在上海大剧院里最吸引我的不是独具匠心的建筑,而是颇显杂乱无章的《红楼梦》舞美布置现场。遗憾我没有生活在这个关注文化生活的城市,我只能想象一下这出剧目公演时的盛况罢了。只可惜接待的小姐连"林妹妹"和"林黛玉"是什么关系都不知道,简直是焚琴煮鹤,暴殄天物,煞透了风景。

相对于钢筋铁骨的现代建筑,我更爱具有浓厚人情味的传统小宅。在鱼和熊掌不能兼得的情况下,我在上海的首选一定是城隍庙。我喜欢在喧闹的人群中游荡,吃着五香豆和梨膏糖,津津有味地欣赏剪纸、泥人、风筝、丝绸、刺绣、书画和缤纷的小工艺品,流连上一天两天都不会觉得倦。下雨吗,也没有关系,我在濛濛的雨丝中穿行,心里仍然饱涨活着的快乐。

活着是快乐的,在喧嚣的尘世中,我喜欢品尝活着的感觉。每一个新鲜的变化,每一个温柔的细节,都令我心弦颤动,泪盈于睫。然而人生的旅途中悄然回首,看着自己太知道珍惜,太懂得享受,太急于抓住生命中一切幸福的时刻,这种心理让我觉得美丽,而又深感凄凉。

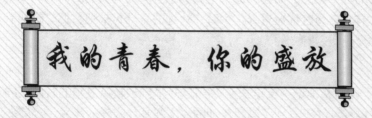

我的青春，你的盛放

我的青春，你的盛放——记我喜欢过的香港男星

　　一不小心就过了三十岁了。这个年龄段的人似乎特别容易怀旧，前些日子写了那《从〈明周〉封面看娱乐江湖》的帖子，转瞬间在网络上遍地开花，这让我发现，那些陈旧的电影，古老的歌，熟悉的面孔，原来是我们整整一代人共同的回忆。今日有心，让我细数青春年少时喜欢过的香港男星吧，那些陪伴我度过寂寥时光的人。

一、周润发

　　清楚地记得家里是在《上海滩》播到倒数第五集的时候买的电视，终于看到了满城轰动的许文强是什么样的风采，尽管一周之后他就在弹雨中壮观地死掉。那个时候传媒不够发达，我又不懂得看演员表，在长达一年的时间里以为这个演员是扮演霍元甲老对头的黎汉持，直到很久以后，开播《再向虎山行》，才发现原来黎汉持远不如许文强潇洒，原来那个帅哥有个极土极俗的名字叫周润发。这个人使我第一次发现名字这东西根本就没什么重要，个人的魅力超越一切，当我看过《辣手神探》、《英雄本色》、《喋血双雄》、《侠客高飞》……周润发从此成为英雄男儿的代名词，三个字的每一划里都透着侠骨豪情。很久以后我看到了《秋天的童话》和《阿郎的故事》，这两个落魄男人让我哭得一塌糊涂，至今听到《你的样子》那苍凉的旋律都忍不住地鼻酸。又过了很久很久无意中看到《八星报喜》，原来周润发还有如此精彩的喜剧天分，个人以为那个可爱的娘娘腔实在可以称作香港喜剧中的经典人物。还有《龙虎风云》，还有《老虎出更》……

　　唉，不能细数了，太喜欢发哥，喜欢他的风度，他的气势，他的几乎每一部电影。记忆深刻的细节有：电视剧《杨家将》里他客串的吕洞宾，一张现代的面孔化着古代的浓妆，带着点不

自在地对着镜头憨笑；《上海滩》的结尾，他向冯程程要回两人的合影，满眼是泪，满眼是泪，不肯流，不肯流；《火凤凰》最后一幕，郑裕玲说："你今天如果不跟我走这边，我以后就不跟你走那边。"发哥左望望，右望望，答："好吧，今天我跟你走这边。"《英雄本色》里阿成对豪哥发威："我尊重你才留下小马那个死鱼，你弟弟不知死活，一直都盯着我，如果不是看你面子，分分钟死都不知怎死！"豪哥怒道："阿成，一个是我朋友，一个是我兄弟，如果这样我也应承你，我还有面子走出这门口吗？你侮辱我不要紧，你不可以侮辱我朋友！如果你动我弟弟分毫，我保证你不会有好日子过！"拉开门，门外站着小马。——你记得小马的神情吧？《辣手神探》的医院里发哥与那可爱婴儿的对手戏："最爱你没牙！"《秋天的童话》里他与"茶煲"并肩坐在车上，几次侧头看她，几次欲言又止；《和平饭店》里他提枪回首的背影，《赌神》里望桌前一坐的气势，《监狱风云》里戴着眼罩拉的二胡，《纵横四海》的轮椅舞……啊，不能不提他那个"百年润发"洗发水广告，个人觉得，就凭结尾那意味深长的抬眼一笑，已经值得再拿一个影帝了，不是吗？

二十一世纪到来了，香港举行了众多层面不同、范围不同、角度不同的"世纪选举"，关于百年经典电影的各个评选中，"百佳"、"十大"各各相异，但是无一例外地是《英雄本色》名列榜首。如果是我，我也会投这部电影一票的，这部十八年前的老电影让我反复回味得已经可以默写分镜头剧本了。同样令我感动的是电影背后的兄弟情分，吴宇森、周润发、狄龙和张国荣因为这部电影结成了一辈子的知交好友，从来没有因为演艺圈的风云变幻而削弱感情。从喜欢张国荣开始我就在关于他的报道里不断地看到发哥的身影，从点点滴滴的细节里看得到周润发的真诚、体贴和真正的大哥风范，我始终觉得，无论是在银幕上还是在银幕下，他都是一个让人仰慕的好人。

如果问我心目中周润发最为盛放的年华，我会选择一九八八

年左右，那是发哥一统娱乐江湖的黄金年代，精品迭出，保质保量，竟然能够以三部电影同时提名影帝，无论是演技还是声望都达到了一个演员的巅峰。如今他在好莱坞的作品，虽然演技依然精湛，但是环境所限，剧本所限，很难看到当年那自然流露的王者之风了。不过，那又有什么关系呢？纵使他外表不再年轻，身手不再敏捷，甚至不再有惊世作品出现，他在三十年的岁月里奉献的一切，已经足够让我们尊敬他欣赏他一直到老。

二、李连杰

家里有一本旧画册，奶奶从新西兰带回来的，是她率国家武术队赴新西兰参加国际比赛的场刊。有一天我忽然发现整页的队员照片中，第一个就是李连杰，当年还是十几岁的孩子，憨头憨脑地对着镜头微笑。这个孩子从十一岁开始就在全国武术比赛中夺魁，连续五年的武术冠军，武术界响当当的名字，但是那时候估计谁都料想不到，这个名字很快变得在全国甚至全世界都叮当作响，但不是在武术界，却是在影坛。

没有生在七十年代以前的人，可能不会知道李连杰当年红到什么地步。他是中国大陆第一部真正意义的武打片《少林寺》的领衔主演，那部电影，抛开时代背景和历史意义不说，就算是放到现在重看，仍然是一部精彩纷呈的好片，其中众多武术界名家的真实本领更是如今用替身、钢丝、弹床硬堆起来的功夫片所无法比拟，无怪乎当年一经推出，立即风靡全国的男女老少。我和我的同学们全都会唱"少林少林，有多少英雄好汉都在把你景仰"和"日出嵩山坳，晨钟惊飞鸟"，都会双手合十装模作样地说："汝今能持否？"女生都想梳白无瑕式的两条小辫子，男生都想剃光头去少林寺学功夫。这样的热潮之中我理所当然地记住了李连杰：一张稚气的孩子脸和一身雄姿英发的硬功夫，初登银幕的十九岁少年，无论是动作戏还是情感戏都已经颇有大将之风。

在一九九八年去好莱坞出演《致命武器IV》之前，李连杰差不多可以在影坛创下一个记录，就是他拍过的所有电影都是功夫片，所有电影他都是第一男主角，所有电影都是绝对正面人物，所有电影他都不会死。他的所有电影我也都看过，所有电影我都买了收藏，所有电影都喜欢，包括永远混淆在一起的《少林寺》跟风之作《少林小子》、《南北少林》还有《少林海灯法师》。一直以来似乎没有人探讨功夫片的演技，其实个人认为李连杰的表演真是可圈可点，无论是《方世玉》里的俏皮少年，《笑傲江湖》的洒脱侠客，还是《新少林五祖》、《父子威龙》里那个满腹心事的落魄汉子，都演绎得非常传神。个人以为李连杰最为经典的作品是《黄飞鸿》系列，虽然这个主题已经被香港拍过一百多遍，但是徐老爷就是有办法再创奇迹，整套电影精彩得无法言传，一代武术宗师那气壮山河的威势竟然可以被个子小小的李连杰展现得如此淋漓尽致，每一个动作都优美、潇洒、干净利落，著名的"虚步亮掌"更是让我每一次看到都欢喜赞叹！这么多年来《狮王争霸》在学校电影院和各大电视台里被放得滚瓜烂熟，我仍然每次都看，每次都看，因为实在太好看了，让我有什么办法拒绝呢？

一九九八年以后的电影，添加了许多流行元素，有点不像我心目中的李连杰了。《致命武器》是我最不爱看的李连杰电影，因为不想接受李连杰居然是坏人而且是会死的。《英雄》被大家骂个狗血喷头，我无话可说，心里真是难过，因为从导演到演员，个个都是我喜欢的人。《救世主》仍然很好看，但是太多高科技制作出来的效果，居然可以让两个对打的李连杰都是替身，怎么看都没有了当初那种真实和亲切的激动感。想一想李连杰今年也四十多岁了，作为一个动作片明星，艺术生命不是十分长久，不知道还能在一线拼搏多久呢？或许我应该祝福他安安

稳稳地护妻育儿，快快乐乐地度过后半生？无论如何，真是诚恳地，衷心地，感谢他这么多年来为我们奉献的精彩，Jet Li，你是我心目中永远的武林英豪。

三、梁朝伟

对梁朝伟，我最初的印象是一位花花公子。记忆中那时候在杂志上看到的梁朝伟，好几次都是戴着墨镜，斜叼着一支烟，满脸的玩世不恭，相关的新闻都是他的情史：黎美娴、曾华倩、刘嘉玲……我曾经是多么喜欢曾华倩啊！她在《大运河》中扮演长孙无垢的造型，不知被我反复临摹了多少遍，当看到梁朝伟最终选择的不是她而是刘嘉玲时，我心里不是不诧异的，那个时候的刘嘉玲……言归正传吧，说到我喜欢的韦小宝，这个人物在电视剧和电影中已经被演绎了无数次，个人以为最神似的是星爷版，但是梁朝伟版本的韦小宝，分外有一份可爱之处。至今还记得小宝扮成妓女从妓院逃脱那节，在街道上停住脚步，回过头来，嫣然一笑，那张精灵古怪的面孔任谁见了都会绝倒吧？也喜欢《侠客行》的石中玉、《绝代双娇》的小鱼儿和《倚天屠龙记》的张无忌，都是一些聪明伶俐的年轻人，剧里的他总是翘着嘴角笑着，双眼弯弯，像一个纯真的小孩子……是不是当喜欢一个人到一定程度，眼中的他就会处处都带着孩子气呢？第一次认识到梁朝伟的演技是看《杨家将》，那部电视剧里星光熠熠，高手云集，但是杨七郎仍然夺人眼目，在刑场被射杀那一场，他的神情写满千言万语，在那样一部情节简单、粗制滥造的电视剧里仍然抓住观者的心弦。

最能抓住我的心弦的，是《辣手神探》，在大陆放映的时候叫《枪神》，梁朝伟扮演卧底警探江浪。相信所有看过这部电影的人都会记住江浪被迫击毙自家老大之后转身走回时，那双带笑而又含泪的眼。我从此认定梁朝伟的电影必定部部好看，连他戏份极少的《豪门夜宴》、名不见经传的《等着你回来》以及

《中环英雄》这样的烂片都不肯放过。《豪门夜宴》里他扮演暴发户小志的跟班，被小志百般作贱，垂头丧气，忽然抖擞起精神满脸放光地回答老爷的提问："那是老爷你在曾先生心目中的形象嘛！"然后立即又耷拉下面孔，这种小细节的喜剧效果比刻意的胡搞瞎搞更加让我疯狂爆笑。要到很久以后我才知道梁朝伟在生活中是一个极其沉静内向的人，可是他演起喜剧来实在精彩，《东成西就》的欧阳锋，哈，哈，哈，还用我细说吗？至于如今，提起梁朝伟来人们更多是想到一双忧郁的电眼，个人觉得这实在不是什么好事，他的潜力远不止于此，不应该局限在这个框框内，尽管这份可以无限解读的忧郁接连为他带来了一连串的影帝殊荣。

提起梁朝伟的影帝，记得他第一次拿金像奖影帝是完全的黑马姿态，那一届公认的大热是《金枝玉叶》张国荣，梁朝伟获选影帝招来众多非议，甚至有的评委抗议说梁朝伟在《重庆森林》中戏份是配角，没资格拿最佳男主角奖。对这样理由梁朝伟大力反击，还在同年金马奖颁奖典礼做嘉宾时挖苦道："你知道当选影帝的条件都有什么？一要戏份多，二要演技好。"不久又听说了当年《辣手神探》提名的花絮，原来提名他为"最佳男配角"，他竟然应答："江浪是主角，如果不提名最佳男主角我就不参评。"看不出这个"闷骚"的家伙在原则问题上竟然是这么嚣张的一个人，让我在失笑之余倒又增多了几分钦佩。其实一直以来我对梁朝伟的心态比较复杂，一方面欣赏他，爱看他的作品，希望他得到应有的认可；另一方面，由于我心目中有比他更加重要的人，许多人都认为那个人值得拥有的东西，七次竟有三次落在梁朝伟的手里，想起来不是不别扭的。这些年来，渐渐明白，输赢之事根本不是那么简单，世事也不是他们两个人和我们这些人能够左右，难得这两人始终互相赞赏，惺惺相惜，这种胸襟和风度若学不到手，算是愧做了他们的迷。

如画人生

要说我心目中梁朝伟的黄金年华，思量再三，竟然无话可讲。九十年代以来，这个人并没有什么明显的高峰低谷，似乎一直在走强势，如一朵花苞逐渐绽放，到现在仍然未到盛极之时。有那样的一种人，魅力是随着年龄逐渐增长的，就算看着他的面孔，知道他已经不再年轻，但是仍然无法把"老"字和他联系起来。梁朝伟似乎永远都会是这个样子了，超然的气质，淡定的神情，沉静的姿态，慧黠的笑容……他的日子还长得很，或许他的黄金年华，真正可以陪着我们一直到老。

四、黎明

知道黎明的时候，我已经上大学了。那正是四大天王横扫大陆的时代，学校里整天都播放他们的歌。记得那是新学期的开始，我们忙着迎接新生，偏偏赶上百年不遇的大暴雨，大批新同学被困在车站无法到校，一部分老生赶去救援，我和另一部分老生闷在宿舍楼前苦苦等候。等啊等，一直等到深夜，旁边的录音机里百折不挠地反复播放着同一首歌："今夜你会不会来，你的爱还在不在……"这段记忆给我的印象是如此深刻，使我至今提到这首歌，都立即感受到一种湿漉漉的雨夜气息，和等到地老天荒的无奈感觉。

黎明的歌我听得并不很多，也没什么共鸣，令我对他印象大好的，说起来其实是一个不知名的MTV。那是偶尔在电视上看到的，黎明和一个女孩在歌声中合演了一个温馨的小故事："习惯在每一天，比你醒来早一点，轻轻吻着你熟睡的脸。让你张开双眼就能看见，我温柔的笑靥……"这首歌的歌词和曲调我至今记忆犹新，尤其是镜头上他对那女孩的温柔，体贴，沉默的爱护，还有对老板的腼腆，面对女孩父母时的手足无措，更是让人印象深刻。说实话，一直听人说黎明帅，我从来不觉得，反而觉得他小脸胖胖眼睛肿肿除了个子高根本没优点；可是看了这个MTV，我想我知道了为什么有那么多人为他着迷，他那

种温厚儒雅的气质，眼神中传达的纯真与深情，与他的声音他的歌融合在一起，真是很容易就收服你的心。

后来就开始看他的电影，《明月照尖东》、《神算》、《飞狐外传》、《甜蜜蜜》、《半生缘》……关于黎明的演技一直是一个富有争议性的话题，一方面许多人说他根本不会演戏，另一方面也有许多人甚至是业界人士对他赞誉有加，而且他还拿了影帝大奖；我呢，觉得他的戏路不够宽，走向两个极端：演起杀手、黑社会老大、小流氓，全然不是那么回事；但是演起书生、医师、警官这种具有一定文化底蕴，深情而又充满正气的角色就非常传神，尤其是《甜蜜蜜》和《半生缘》中书卷气浓厚的纯良青年形象，香港演员中能跟他相比的还真不多。或许这与他在大陆出身、英国受教育、香港发展的丰富文化背景有关吧？他的儒雅，含蓄，沉静，贵族气息，绅士风度，是不属于香港本土的，又与纯粹的欧美文化截然相异，要说一直在大陆土生土长，也无条件培养得出。

然后令我晕倒的是，这个在我眼中温厚儒雅的人，竟然是"蒸不烂，煮不熟，捶不扁，炒不爆，响当当一粒铜豌豆"，他的负面传闻之多，外界评议之差，都在众多演艺明星中独树一帜。许多与他打过交道的人都说他骄傲得要命，当了大明星就不爱搭理人，他的朋友们辩护道："他红跟不红的时候，都不爱搭理人啊。"还有许多人说他虚伪，因为整日不见他笑，他自己反驳道："整日都挂着笑容的话，那才叫真虚伪啊。"他甚至连对待fans都钉是钉铆是铆，丝毫不肯迎合。他说每当有fans在凌晨时分聚集在他家门口等他下工，他的态度是一次劝，二次骂，三次攥。有fans堵在片场门口等他签名，他回答："对不起，今天没时间。"fans委屈："我都等了一天了！""谁叫你来等的？""我自己……""那与我有什么关系？我不负这个责任。"……一些熟知黎明的人们说：黎明并不是一个虚伪、冷漠，或者傲慢的人，他只是受了太多莫名其妙的攻击，对外界尤其

是媒体有一种强烈的防范心理；只要真正交往起来，卸掉盔甲，真实的他是你意想不到地纯真而友善。黎明就是这样在截然不同的评论中前行，让喜欢他的爱极他，尽心尽意保护他；讨厌他的恨死他，提起他来口水也淹了他。至于我自己，一直不太喜欢听他的歌，也不是特别喜欢他的电影，甚至也仍然认为他的个性中颇有缺点，但是我欣赏他那与众不同的气质，也以他对待友人的态度，投身慈善的行动，以他在媒体报道背后的点点滴滴，相信他是一个真挚而善良的好人，并为这演艺圈中难得一见的真和善，关注他，支持他。

五、谭咏麟

上大学的时候我还没有特别钟意的歌手，更没有买专辑听歌的习惯，当时拥有一只收录两用机和几盘空白带，隔三岔五地收听电台音乐节目，遇到好歌就录下来，遇到更好的歌就以旧换新，洗掉重录。快毕业的时候我这录音机无论放什么音乐都像机关枪一样咔咔作响，磁带全部声沙沙几乎掩盖了歌声，听听里面补丁迭补丁的歌曲——存下来的是《爱在深秋》、《水中花》、《朋友》、《难舍难分》、《幻影》、《雾之恋》、《像我这样的朋友》、《夜未央》……

我觉得，对于我们这一代人来说，谭咏麟、张国荣、梅艳芳、陈百强……已经不是一个个虚幻的偶像，更像是默默陪伴在身边的老朋友，也许你平时不会注意到他们的存在，但是总有一天你会发现他们的歌声与微笑已经深刻地渗透在整个生命之中。谭咏麟给我的回忆总是与歌声一并泛起的，他在八十年代后期的作品尤其是慢歌几乎是曲曲精良；电影方面他老人家也演过不少，不过他的电影似乎不是太好看，我看过好几部但是情节内容全然不记得，印象最深的是《双城故事》，不过那里面他的光彩不如曾志伟。谭咏麟的真正光彩还是在舞台上，记得曾经

看过他与徐小凤的现场合唱，他穿一身雪白的礼服，唱的是《爱在深秋》，携着徐小凤的手漫步到舞台中央，在一架雪白的钢琴前坐下来弹奏……是啊我当然记得，怎么会忘，那一年我才多大，十二三岁吧，如何抗拒得了这样优雅的美丽？很久以后去镭射影院看电影，开场前放映了一段演唱会，那是我第一次见识演唱会，见到满头满脸都是汗的谭咏麟一边跑一边唱"你我伤心到讲不出再见"，台上的他热情奔放，台下的观众狂热沉迷，"伤心"吗，没有人伤心，一张张面孔上都满溢着愉快和满足，那时候我想，如果能有机会看到这样一场演唱会该是多么美好的事情啊！

又过了很多年，我终于狂热沉迷地去看了演唱会现场，但不是谭咏麟的，而是张国荣。喜欢上张国荣之后我始终不明白的一件事是为什么这两人会有那样一段名垂青史的争霸战，在我眼里他们都有着非凡的才华和实力，都不是狭隘好斗的人，不曾互相贬低互相针对，为什么局面会如此紧张激烈你死我活而不是在乐坛同时盛放。问过许多亲历那段时期的老荣迷，他们提起谭咏麟和伦迷的态度颇为古怪，但是保持着惯有的理智和尊重，不肯过多评说。这些年来我也渐渐明白了其中的曲折，但是希望自己也能够学习前辈的态度，不在这些事情上纠缠。其实，站在客观的角度看，人在江湖，身不由己，从某种程度上来讲他们和他们的歌迷都是娱乐制度的牺牲品：1987年劲歌金曲颁奖典礼，是主办方故意请来当时已有争端的伦迷和荣迷分席而坐，制造剑拔弩张的气氛，以此博取收视率，结果从获得金奖的张国荣登台开始全场伦迷劲嘘，典礼结束后两派对殴，张国荣困在后台六个小时不得脱身，未出席的谭咏麟很快宣布退出乐坛竞争不再领奖；1988年叱咤乐坛男歌手大选，张国荣金奖，谭咏麟银奖，主持人号召观众们举起代表各自偶像的彩旗挥舞，比比谁的支持者众，这种近乎挑拨的安排使台下的谭咏麟笑容尴尬，台上的张国荣面色阴沉，在发表获奖感言时含

着泪直言："我好憎领奖！领奖使我与朋友的距离越来越远……"

"纵是夜静造梦时泪水横流，何日你已变了是我挑战对手。浮沉的艺海中有太多不必的争斗，为了光阴短促尽情拥有。"伤痕永远存在，但是更值得记住的是两颗巨星交汇的光辉。这两个人在香港乐坛的影响和地位，至今还是难以逾越的高峰，香港从那个年代走过来的人大半都是他们两个的迷，杂志说那时候看一个人的性格特征可以看他是喜欢谭咏麟还是喜欢张国荣，因为这两个人代表了两种截然不同的艺术理念和人生态度。就我来讲，我想我始终都会追寻张国荣的完美主义精神，但是同样欣赏谭咏麟知足常乐的处世风格。如今的谭咏麟仍然过得很开心，以五十三岁高龄热热闹闹地开着演唱会，我是在今年年初才看到影碟，当他站在台上唱出熟悉的《幻影》和《雾之恋》时我不由得热泪盈眶，不仅为自己青春时光的温柔记忆，也为黄金年代的香港留到现在的最后一把声音。

六、周星驰

"年少轻狂"这句俗语真不是乱盖的。二十八岁以前我蔑视一切香港搞笑喜剧，对周星驰的评语是一个字——俗；对星迷的评语是两个字——没品。九三年和同学一起看《唐伯虎点秋香》，那同学是书法爱好者，看到片头一只手潇洒地从笔架上捉过大提斗在墨池里挥动，立即低声喝彩："好！"定睛一看，唐伯虎原来在用大提斗往烧鸡上抹油。我们一边笑一边骂："神马玩意，胡编乱造！"……很多年的时间里，这个人的电影我一直都拒绝观看，要看也是这么边骂边看。使我对周星驰产生兴趣的是一句简单的话，不是当时已经遍及整个网络的"曾经有一个机会摆在我面前，而我没有珍惜"，而是一篇影评中的"又

一次看《大话西游》，又一次流泪"。——周星驰的电影会让人流泪吗？我立即买了《大话西游》的影碟来看，结论是这部电影不但能够让人流泪，而且确实能够让人"又一次流泪"。我开始担心过去的十年是否由于我的"年少轻狂"错过了太多这样的好东西。不过这世上的有些事情还是可以挽回的，从那天开始我很快就看遍并收藏了他的经典作品，进而开始考古，挖掘《霹雳先锋》、《望夫成龙》、《一本漫画创天涯》……并且VCD换DVD，盗版换正版，普通版换珍藏版，国语版换粤语版……

我不是社会学家，对文化现象没有太多认识，也不敢随便给周星驰冠以"大师"称号，我只是觉得，这个人是一个天才，他以他的敏锐，大胆，幽默感，人文关怀，安慰了我们平淡无聊的生活。他的电影里没有太高深的主题和立意，他扮演的角色几乎全都是装腔作势的小人物，言行夸张，举止离奇，带有明显的日本漫画色彩，往往令人在出乎意料的时刻捧腹狂笑；但是许多电影的情节浑然天成，让你在笑过之后感动而温暖，像是替自己完成了生活中遥不可及的梦想。动人的细节我就不一点出啦，太多啦，我最爱的电影有《大话西游》、《家有喜事》、《逃学威龙》、《审死官》、《国产零零漆》、《大内密探零零发》、《赌侠》、《赌圣》、《唐伯虎点秋香》……汗，我好象是要列一个星爷电影全集的说，不过他从九零年以后的电影还真是几乎没有几部不好看——吐血警告各位回避《情圣》和《算死草》——难怪是年年票房冠军，九四年香港公布"开埠以来十大卖座电影"，星爷的作品占了六席。说到"星爷"这个称号，那是在《赌圣》公映之后得的，如果你看了《赌圣》就会明白为什么这个长期半红不黑的二十八岁青年为什么如此突兀地变成了"爷"，不仅是由于《赌圣》近乎耸人听闻的票房成绩，个人觉得还是因为他在片中的厚积薄发的风采，你完全看不出他多年以来在事业上的颓气，演得那叫一个挥洒自如，最后身穿白西装入场那一节，许多红了多年的大明星都没那风范。

　　周星驰自己并不喜欢被称作星爷,生活中的他与银幕上的活泼可爱截然相反,低调,沉闷,少言寡语,对媒体极其不配合,肯做宣传还是近几年的事情;与他交往过的女友在分手后几乎个个数说他的不是;好几位导演说他拍电影时毛病多,脾气大;后来他自己做导演了,这回轮到演员们背地里透露他的坏脾气……但是对这样一个天才,你还能要求他什么呢? 我倒是欣赏他那特立独行的个性,喜欢看他永远的西装配球鞋,打出租车去参加颁奖典礼,喜欢看他在杨澜问他为何在影坛执着奋斗时回答"因为要吃饭"……并且至今还为那次访问中杨澜对他透出的轻视而愤愤不平。

　　最喜欢九二年左右的周星驰,红得震古烁今,整个人意气风发,真是好看。其实周星驰是一个非常英俊的人,一张脸端正而清秀,但是他是这样地有风格以至于没人在意他的相貌。对此周星驰严肃地说:"其实我是偶像派。说谁是实力派等于说他不好看。""为什么大家一看我就笑? 我什么也没做大家就笑? 难道我长得很好笑? 其实我很英俊的。"他越这样说大家就越笑。这个人已经和欢笑密不可分了,我想就算再过一百年,华语影坛上提起"笑星"、"喜剧",仍然不能落下周星驰的名字。二零零二年,香港电影金像奖终于承认了他的成就,他自编自导自演并且创造香港电影票房记录的《少林足球》提名十四项,获奖七项,最佳电影、最佳导演、最佳男主角、杰出青年导演几项最重要的大奖都由他一人包揽。个人觉得这个肯定实在来得太迟,星爷的创作力已经远远不如当年,电影出品越来越慢,我等他的下一部戏等得都要咽气了。但是有等待总是好的,我相信星爷永远能够拿出精彩的作品,至于他已显憔悴的面容,斑斑点点的白发,谁在意呢?

　　七、张学友

　　个人觉得,"四大天王"都有值得欣赏之处,不过这四个人里我最喜欢的还是张学友,甚至相信如果明星都像张学友,娱

乐圈就会成为社会上最值得尊敬的群体之一。

说起来我比较偏好沧桑醇厚的声线，所以男歌手里爱听张国荣和谭咏麟，女歌手里爱听徐小凤和梅艳芳，张学友的歌耳濡目染这么多年仍然无法接受，但是这并不妨碍我欣赏这个人。总觉得张学友排在"四大天王"的行列里是一件挺勉强的事情：他是正宗歌唱比赛冠军出身，八四年出道，八五年就红，与张国荣、陈百强、林子祥、谭咏麟等人同台献艺，此后也是年年有作品入选"十大劲歌金曲"和"十大中文金曲"，怎么看都是乐坛实力派老前辈，不知怎地就被划入了青春偶像的队伍而且从此成为群体概念中的四分之一。"四大天王"里他是惟一一个不算太英俊的人（我最早看到的关于他的介绍就是在比较他与成龙的大鼻子，还配了一张鼻子超大的照片，实在是印象深刻），同时又是惟一一个歌艺受到广泛肯定的人，无论是媒体、公众还是业界行家，对"四大天王"贬得再狠，最终也要补上一句"张学友唱得还是很好的"。在我心目中，这个人更多地作为一个影星存在，虽然他拍过许多一听片名就知道有多烂的电影，但是也有许多演绎出色的名作：《旺角卡门》、《笑傲江湖》、《人间道》、《阿飞正传》、《东邪西毒》、《东成西就》……在这些电影里他的戏份都不太多，形象、个性截然不同，但是几乎个个传神，难怪是金像奖和金马奖的双料最佳男配角。

无论是乐坛还是影坛的奖项，其实都不能说明一个人的真正价值，张学友这个人，最让我欣赏的是他那大中至正的为人品性，作为一个沉浮艺坛二十年的超级明星，这一点尤其难能可贵。这些年来，台上台下，场内场外，处处看到他的严谨，谦恭，勤勉，体贴，做事踏踏实实，言谈公公道道，赢时不见嚣张，输时没有怨嫉，拿到金针奖这样的至高荣誉时仍然是腼腆地低着头，一脸笑容憨得可爱。他的演艺生涯完美得简直没话讲，算来惟一的负面传闻可能就是在八七年左右事业不如意的时候曾经酗酒，但是他又非常懂得把握机会，在《旺角卡门》带

来"寂静中催一声音"（李碧华点评：音乐人说音乐话）时立即约束自己走上正途。日后说起当年，他诚恳地感谢家人对自己的支持，说"我现在低方下气，对老婆千依百顺，都是因为当时她很支持我，为我分担"。说实话，演艺圈互恋的男女明星也不少，但是没见过他这么三从四德从一而终的：好像就谈了这么一次恋爱，就结了这么一次婚，把妻子严严实实地供在家里，言行举动处处透着尊重；在娱乐圈浸淫这么多年，没绯闻，没花边，虔诚到在妻子怀孕期间吃长斋，生了女儿之后爱若珍宝……我见到他和女儿一起嬉戏的照片，那孩子的容貌酷似罗美薇，一张小面孔可爱得令我鼻酸，张学友蹲在她身边护着她，脸上写满了一个父亲的疼爱与满足。

最近张学友的遭遇令喜欢他的人都有点担忧。他在演艺圈有极好的人缘，朋友众多，偏偏去年香港多灾多难，令他在一年内参加了五个葬礼，三次扶灵……香港人对扶灵这件事是有很多避讳的，他没有，他很认真地尽着道义，肃穆的神情背后，谁知道他如何平复自己的心情。一次又一次，他在各种场合向自己故去的老友致敬，我始终都记得他为张国荣献上的悼词，那是一个艺人对同行最真挚最坦诚的赞誉。今年以来，他又陷入了狗仔队的骚扰之中，妻女都被跟踪拍照，种种捕风捉影的报道使他一反常态大发雷霆，扬言要举家离开香港……我知道有些明星离开了狗仔队是会寂寞的，但是想必张学友不是，我想我们可以相信，张学友更加看重的是幸福的家庭、稳定的事业而不是哗众取宠的虚名。衷心地祝愿这个人保持他的真诚淡定，远离是非喧扰，永远拥有现在这样无可争议的肯定和支持，尽管我始终都不是他的迷，仍然不爱听他的歌，不打算去看他的演唱会，但是我是这样地这样地希望能够有机会对他小小声地说上一句：好人一生平安。

八、曾江

我们这一代人大部分都钟爱八三版《射雕》吧，有的喜欢小

王爷苗侨伟，有的喜欢靖哥哥黄日华，这两个人我也都喜欢，但是更加喜欢曾江扮演的黄药师。其实原著中的黄药师是个书生打扮，并不是电视剧里那副海龙王似的模样，但是自从曾江这么演了，我心中的黄药师就所当然是这个形象了。那是我第一次见到曾江，他是如此精彩地演绎了黄药师的邪，傲，凌厉逼人，不怒自威，一代名家的雄浑气势，和冷漠的外表下蕴含的慈爱和深情。曾江的相貌应该不算标致，年轻时就头角峥嵘，年纪大了甚至有点三角眼，但是他的气质和姿态使我感觉他是这样地英俊，比许多许多年轻的男人都更英俊，或者，还有另一个形容，是桀骜。有时候简直觉得"桀骜"这个词创造出来就是为了形容曾江的，我是直到今年看到他的一些生活照才发现，这个人在生活中的笑容竟然出乎意料地温暖，甚至还带着一点天真，可是在更多的影视作品中，他那眉宇中的桀骜之气真是令我过目难忘。这种与众不同的气质使他演起正派来也带着邪气，演邪派都是枭雄，在亦正亦邪、盗亦有道的角色演绎上更是发挥得淋漓尽致。

　　曾江演过的纯粹正派角色好像不多，我看过的只有《英雄本色》中的坚叔，戏份不多但是个性鲜明，豪爽，磊落，正气凛然，明察秋毫，关键时刻控制大局；啊，《鹿鼎记》里的陈近南也算一位吧，但是那个人物太脸谱化了，没什么发挥余地。其余电影电视剧里我所见到的曾江几乎全都是性格复杂的大反派，演技炉火纯青，令人拍案叫绝，比如《誓不低头》中的陆国荣，《笑傲江湖》中的岳不群，《纵横四海》中的干爹，《超级警察》中的……叫什么名字来着？记不住名字没什么关系，如果你看过这些电影和电视剧，一定会记住这几个人物本身。没有谁演老狐狸演得比曾江更出色了，那种奸诈，城府，假仁假义，并不刻意表现，但是从他的每一句话，每一个脸色中渗透出来，就算是笑，也笑得这样地虚伪阴险，可惊可怖。他演得更为精彩的是《我本善良》里的齐乔正一类充满人性的人物，既是一个

气势威严的黑道老大，又是温和慈爱的丈夫和父亲，性格很难用几句简单的话概括，他的表演使错综复杂的剧情变得如此顺理成章，让我们的心理跟着齐浩男一起在正邪的立场中间摇摆不定。另外曾江也演过一些市井小人物，比如《锦绣前程》里的周生，一个猥琐的黑心小老板，其它电影中展现的凌人气势全然不见，那叫一个俗不可耐，可笑又可恨。

曾江从影已经四十九年，演出电影超过一百四十部，早年也是粤语长片中的当红小生，后期好像一直在演配角。每次看到他的电影我都想，在他的电影里担任主角的那些演员，心理上想必也承受着很大压力吧，因为这个人实在是太犀利了，站在那里不言不动也能引人注目的那种，与他合作如与高手过招，一出手便将底数暴露无遗。记得看到他在《流星花园II》中客串了一个小角色高先生，短短几次出场风采逼人，将几位少男少女比得缚手缚脚。港人对这种功力深厚，演技老辣，撑得住局面的老配角称为"戏骨"，用词真是生动而形象，代表着一大批我们喜欢而尊敬的人物：关海山，秦沛，刘丹，刘江，朱江，胡枫，鲍方，秦煌，刘兆铭……而曾江就是香港老戏骨中的一个典型。"戏骨"这个称呼应该是充满敬意的，但是仍然很遗憾，香港影坛似乎始终都是一个急功近利的世界，始终是青春靓丽的年轻人占据主导，一部一部的新片都是他们的天下，专为老演员开的戏是少之又少。个人觉得，以曾江其人，如果生在好莱坞，应该很有潜力成为安东尼·霍普金斯，起码也是个汤姆·李琼斯吧，为他写几部合适的剧本，他可以演出多么经典的作品啊。但是在香港，他常年做着他精光四射的大绿叶。不过曾江已经算是香港戏骨中的一位异数了吧，他以他的超人水准，多年以来虽然一直没有大红，但是也一直都没有过气，在六十多岁高龄仍然频频接戏，仍然那么受欢迎，甚至在好莱坞华人电影中也没少露面。最近一集007电影《择日而亡》里，惊喜地再一次看到曾江，扮演北韩将军，他已经这么老这么老了，头发都白透了，但是那风采，那气势，依然不减当年。

九、梁家辉

"艳阳天，艳阳天，桃花如水柳如烟……"记得这首歌吗？电影《垂帘听政》的主题曲，兰贵人在御花园里唱给咸丰皇帝的情歌。当年这个情节遭到专家的一致批驳，说封建皇族礼教森严，不可能出现这种浪漫场面（那时候专家们还不知道二十年后的影视节目里，皇上已经可以在大马路上和妃子一起唱歌了），但是这场面成为全片给我印象最深的一幕，我直到现在还记得咸丰皇帝听到这首歌时痴痴的神情。大陆的观众看这部电影会记住刘晓庆，而香港观众很可能更加注意梁家辉，二十五岁的梁家辉以初登银幕的咸丰皇帝一角就拿到了金像影帝，这在影史上也是一个异数吧。不过他并没有因此青云直上，反而是连衰了好几年，窘困到要和妻子出街练摊儿，直到一九九零年《爱在他乡的季节》拿到金马影帝才咸鱼翻生。梁家辉最出名的作品是《情人》，这部电影使他声名远播，不过糟糕的是视线更多地集中在他的臀部，《星空下的倾情》采访中他委屈地说："……我只是觉得，洗澡，没有人会穿着裤子洗澡的，是吧！但到最后它变成一个卖点时，感觉很受伤。当别人告诉你，哇，你的屁股很漂亮呀，但是又不记得你做过什么表情……"

很大程度上因为公众对"美臀"的过分关注，使我对《情人》这部电影毫无兴趣，尽管我对梁家辉的赞赏早已达到了主动搜他的电影来看的程度。第一次惊叹于他的银幕光彩是看《新龙门客栈》，以前一直觉得梁家辉这人相貌平实甚至挺丑的，走在大街上不会引起太多注意的那种，但是一到电影里，他立即七情上面，神情收放自如，一双小眼流泻着千言万语，整个人都散发着优雅的气息。这些年来，看了许多他的电影，个人觉得梁家辉真是华语影坛上可塑性最强的演员之一，几乎没有他演不好的角色：旧时代的落魄文人、庸俗的市井平民、憨头憨脑

的小弟、好勇斗狠的大哥、沉默的自闭症、嚣张的自大狂、儒雅的贵族、风流的侠客、深情的、狂野的、浪荡的、木讷的……都被他演绎得这么自然这么贴切这么顺理成章。尤其给我意外之喜的是他出众的喜剧才华，记得《九二黑玫瑰对黑玫瑰》和《东成西就》吧？应该可以排得上是香港喜剧的经典之作呢。说起来喜剧并不是梁家辉的主打，但是不知道为什么，在悲剧电影中让你万念俱灰的那张脸，在喜剧电影中根本不用刻意恶搞，只要眼睛一眨，无需开口都让人捧腹狂笑。怎么解释呢？我只能认为，这就是一个真正演员的魅力所在吧。

许多明星是"演而优则唱"，梁家辉也不例外，不过他出的唱片我一直都没有勇气听，因为看到报道说监制甘国亮对他的走音叹为观止："必须在早上十点钟准时开录，只有在这个时候他的声音还算听得……"有一首歌录了一周时间他都唱不准，甘国亮抓狂得几乎要撞墙。我几乎可以想象当时录音棚里梁家辉憨笑的样子。梁家辉这个人的一大优点是心境从容，态度谦恭，很清楚自己想要什么，能做什么，应该在意什么，也是一个娱乐圈少见的没有负面传闻的大明星。记得访问中他得意洋洋地说在自己的眼里老婆是世界上最漂亮最完美的人——很多新婚燕尔的夫妻都会说出这样的话，但是从一个结婚二十多年的艺人口中说出来分量又自不同。说真的，看他的访问也是一种乐趣呢，他不擅花言巧语，但总是能够用最平实最贴切的话表达感想，充分体现出自己的人生历练又懂得适度的幽默甚至撒娇，可以想象在真实的生活中这个人一定能够使身边的朋友如沐春风。

做梁家辉的影迷想必是一件很惬意也很失意的事，惬意是因为你永远可以期待他花样翻新的作品，每个角色都不会令你失望；失意是你别指望经常看到他的消息，他的生活方式太低调太普通：陪妻子买菜，送女儿上学的那一种，很少有猛料爆出来。可能因为这样的原因，他似乎始终都不是特别红，但是事

业上的成就已经奠定了他在香港影坛的地位。和大部分老明星一样，这几年他拍戏也越来越少了，他说想给自己留多些私人空间……其实我真不希望他这么早就去寻找私人空间啊，他看起来还那么年轻，他的演技还那么精湛，还有很大很大的余地可以发挥啊。他最新的作品应该是那部《神勇铁金刚》吧，尽管我是这样地不喜欢王晶，但是梁家辉的作品我还是会去看，每一部都会去看，在他完完全全地遁入私人空间之前，让我对这样一位出色的演员，优秀的男人，支持到底。

十、张国荣

很庆幸自己在青春时光里赶上了香港艺坛的黄金年代，欣赏到经过岁月打磨的真正巨星，有这么多的人，这么多的作品给过我欢乐和感动。由于篇幅关系，我不能将每份欣赏都一一细数，请允许我用最后一段，说说至为深刻的一个名字：张国荣。

其实张国荣在香港歌坛的地位我早在上初中的时候就耳熟能详，但是一直认为这个人长得过分清秀，唱腔想必也是柔嫩的那一种，不是我的那杯茶，直到大学快毕业，第一次听到他的专辑就立即倾倒，才发现他的嗓音和外型完全不衬，竟然是这样一把沧桑醇厚的声线，每个音符里都浸透着刻骨深情。那时候已经没有他的新歌可听了，但是他的电影事业创造了新的高峰，一部接一部的精彩作品，一个接一个截然不同的角色，迅速地收伏了我这个电影迷。与众多香港明星不同，这个人对音乐和电影都有自己一套完整的艺术理念并且身体力行，他那种灵魂附体一般的演绎方式使我经常和许多观众犯同样的错误就是把他和他的角色混为一谈，于是他在我们的眼里像程蝶衣一样妩媚像欧阳锋一样狂野，像宋丹萍一样优雅像何宝荣一样颓废，像宋子杰一样英武像十二少一样风流，像宁采臣一样天真像彭奕行一样阴郁……永远无法看清真正的他到底呈现在钻石的哪一个侧面。

　　彻底的沉迷是在他复出歌坛之后，他早期和近期的专辑、演唱会影碟纷纷浮出水面，他亲自创作的歌曲、监制的唱片又开始获奖，有关介绍、评论也相对增多，我发现这个人竟然在半生中做完了一般人几辈子才能做出来的事情，而且都做得这么精彩这么好。这些年来他一直被香港尊为"传奇"，"神话"，几十年风雨的琢磨与积淀使他的脸上几乎笼罩着一层祥光，已经不是美丽足以形容，关于他的专业精神、为人品性的诸多报道，更是加深了他在我心目中的印记。真的很少见到一个明星，像他这样优雅而又友善，温文而又强韧，聪明而又勤勉，坚持创新又尊重传统，爱护他人又忠于自我，正如后来黄霑所说："一切传统优美的品德和价值观，完全在他身上体现出来。"多年的关注中，我对他的点点滴滴都是那么喜爱那么熟悉，看他的感觉已经不像是在看明星、看偶像，更像是看着自己的朋友和兄弟，亲切而又尊重地，担心他，祝福他。我始终都没有注意到他与我相差将近二十岁根本不是同一代人，不仅是因为他的模样年轻得离奇，而且因为他永远都比年轻人更加时尚前卫个性鲜明精力充沛长盛不衰永远冲在潮流最尖端，进入二十一世纪后的头两年他几乎席卷了中国流行乐坛的所有至高荣誉，当选"香港九十年代十大演艺红人"冠军，继续入围金像奖和金马奖的影帝，举行了争议颇多但是拥护更多的四十三场世界巡回演唱会……欢呼声中我在台下望着年近半百的他像个少年一样劲歌热舞几个小时，觉得这个人真的是不打算老的了。

　　我始终都不是一个激烈的人，不是一个狂热的Fans，我从来不会高呼"Leslie I Love You"，不会在家里贴他的海报在钱包里藏他的照片，从来没想过要去与他合影，索取他的签名，我只是看他的电影听他的歌，寻找他的访谈关注他的消息，追他所追爱他所爱……他的品位和修养在香港素有口碑，又是一个对生活懂得感恩，对文化充满尊重的人，这些年来我因为喜欢

他而喜欢了太多：香港，太平山，兰花，百合，Elton John，David Bowie，Barbra Streisand，Johnny Depp，Jean-Paul Gaultier，Gianni Versace，任剑辉，凌波，梅兰芳，白驹荣，许冠杰，林子祥，王菲，黄耀明，林怀民，李云迪，朱铭，吕寿琨，《树犹如此》，《艺伎回忆录》，巴黎的咖啡馆，拉斯韦加斯凯撒皇宫，Art Deco装饰艺术，Lalique水晶瓶，浓黑的短发，雪白的衬衫……我希望就这样一直到老，希望能够以温柔平静的心情看着他直到他过气，被冷落，没人注意，希望可以在他白发苍苍的时候有机会遇见他，含蓄地说说我这么多年是如何仰慕他感谢他；或者也不是没有可能我会渐渐将他遗忘，多年以后偶然看见他在电视上露面，可能会惊叹一句：啊，张国荣也老成这样了……我只是不知道，原来世事早有定数，人生为我安排了一个完全出乎意料的结尾，竟让我眼睁睁地看着最喜欢的这个人，在如此突然的时刻，以如此惨烈的方式告别。

我永远都不会忘记他了，永远不会。但是我会更多地记住他的生，而不是他的死，他留下来的一切已经那么好，不应该也不会因为他的离去而改变。我会更加珍惜我的拥有，会更加懂得欣赏这世上各种不同颜色的烟火，不同光彩的美丽，我想我一定可以温柔平静地享受到老，虽然总是会在某些特别的日子里想起年轻时喜欢过的那个人，爱上他等于爱上全世界。

总是觉得，一生中从来不曾追过星应该算是一种遗憾。追星这个词汇中的贬义来自Fans的偏激态度和偶像的失控行为，这两者本来都可以避免，而从平凡的生活中抬起头来，见识另一种璀璨而华丽的美，尝试无望而安全的仰慕、眷恋和追随，可以是一件多么美好的事情。"谁也赢不了和时间的比赛，谁也输不掉曾经付出的爱"，感谢这些遥远而亲切的人们，多年来你们使我欣赏了这么多，人会老，花会凋，时光一去不复回，而你们将在我的青春记忆里，永恒盛放。

跟崔永元一起说事儿（代后记）

今年春天,有幸和家人一起到中央电视台录制了一期由著名主持人崔永元制作的《小崔说事》谈话节目,于七月份正式播出,主题叫做《家庭快乐档案》。

这次宝贵的经历就源自这本小书的第一篇文字《如画人生》。这是我在"文学视界"论坛发表的一个图文帖,网络上广为转载,甚至在同一个论坛内被反复转贴多次。说实话,有些帖子,例如《从〈明周〉封面看娱乐江湖》或《相亲记之剧情攻略》,我在写的时候已经想到会有一些朋友感兴趣,因为,八卦嘛,搞笑嘛,人人都爱看;但是《如画人生》本来只是随手翻出老爸老妈收藏的一些老旧资料,全都是个人琐事,简单整理一下而已,如此得享厚爱,却是我始料未及。原来生活中的细节之美始终是最能打动心灵的,平凡家庭的平凡生活,平凡人物的平凡成长,点点滴滴感动的不仅是我自身,也赢得了众多朋友的共鸣。

能够有机会在中央电视台与大家一起分享这份满足与快乐,那是一件更加开心的事情了。虽然全世界每天都有成千上万的人在上电视,对观众来说,我们只是二十三分钟的一个节目而已;但对我们家庭自身来说,这是非常宝贵的一个纪念。那天下午在演播室里,我们一家四口面对着小崔和百余位观众,从老爸老妈的恋爱开始谈起,谈到家庭建立,两个孩子陆续出生,成长,一家人的彼此交流,兴趣爱好,喜怒哀乐……这一切都有照片、信件、图画、卡片等花样百出的家庭档案一路见证。这些家庭档案的留存要归功于我的老爸和老妈,他俩从十五岁相识之后就一直在一起,一路同学、同事、结婚、生子,一路收集保存着杂七杂八的所有资料,从他俩年轻时代的情书,到我和妹妹人生第一幅涂鸦小画,到分飞四面八方之后的潦草书信,

家庭快乐档案

我爱你家

2005·4·3·

生日礼物，一张张票据，一份份证书，甚至还有年代久远的聊天录音……全都完整无缺。这种习惯在我和妹妹身上延续下来，家庭档案无微不至，在节目中能够展示的只是极少的一部分而已。其实我个人认为我们的家庭让我感觉最为幸福的还不是这些档案，而是老爸老妈给我和妹妹的无拘无束的成长空间，彼此完全没有保留的爱与信任，时时刻刻充满欢笑的日常生活……当然，这一切的美好与快乐在家庭档案中有着比较直观的表达。

我们带去的那一大本书画信件，其中大部分小崔也是第一次看，他一边翻一边问这问那，我们一家四口东拉西扯地给他解答。那次经历使我对小崔有着极好的印象，不仅是因为他在节目中的挥洒自如，而且是因为他那种真诚，和善，待人接物认真的态度，从台上台下每一个言谈举止中流露出来。记得我老妈和老爸都非常喜欢小崔，当初跟策划人聊天时已经忙不迭地表示"我十分想见崔永元"，如今见了面当然很高兴，节目录制完毕后又合影又请他签名。本来我们以为小崔认真签个名字已经很够意思了，但是小崔拿过我老爸递给他的纸一看——那是我多年前画的一家四口的电脑画像，原图写着"我爱我家"，夹在节目中翻看的那个大本子里；虽然老爸递来的是用作节目题图的版本，标题改成了"家庭快乐档案"，但是小崔仍然一笔一划地写下："我爱你家。崔永元。"这份心思彻底地把我的老爸老妈感动到了。

令我们感动的不仅仅是"小崔"崔永元先生，还有辛辛苦苦制作节目的策划人吴涛等朋友，还有许许多多观看了节目后热心倾诉感想的观众和网友。我甚至通过这个节目重新找到了好几位久已失去联系的老同学老伙伴，彼此欢呼雀跃，惊喜万分。如今想来，我真的觉得自己是一个非常幸福的人，在三十多年的前半生里，总是能够遇到令人惊喜的事，也总是能够遇到值得珍惜值得怀念的人：我的老爸老妈就算不是天作之合，也称

得上是神仙眷属，他们的和谐感情使我和妹妹一直在轻松愉快的环境中成长，生活中充满阳光。我的爱人善良体贴，我的宝宝聪明活泼，小家庭的日子里充满乐趣，没有什么阴影和遗憾。我亦有许多宽容而有趣的同事，共同拥有美好回忆的老师和同学，还有来自五湖四海，见过或没见过面的志同道合的朋友，和他们的交流总是能产生五色斑斓的火花，照亮生活中的每一刻每一天。甚至我喜欢的电影、音乐、美术、文学，都让我见识了许许多多可爱的人，让我在自己的狭小世界之外，欣赏到更多的光彩。《如画人生》或是这期《小崔说事》就像是人生旅途中一个个美丽的书签，帮我记忆着这些点点滴滴的幸福，很多时候这样的幸福是在失去之后才懂得珍惜，我很庆幸自己在拥有的时候已经爱惜备至，生命中的阴晴圆缺，欢笑泪水，都能够如此细致地享受和收藏。希望自己在未来的日子里也能够将人生经营为一幅工笔重彩的长卷，每一笔都精致，浓郁，再细微的笔触，也都有自己的光芒。

谨以这一点点琐碎的感想，作为这本小书的后记。感谢中国戏剧出版社和北京汉图文化传播有限公司将这些文字结集出版，感谢"文学视界"论坛长期以来的关照和支持。感谢各位朋友读完此书，希望能够以我的笔以我的心，与大家分享更多的感动与快乐。谢谢。

（欢迎访问作者博客"时间的灰"：ashesoftime@tianyablog.com）

我的儿子 我的至爱
　　　　　── 的灰

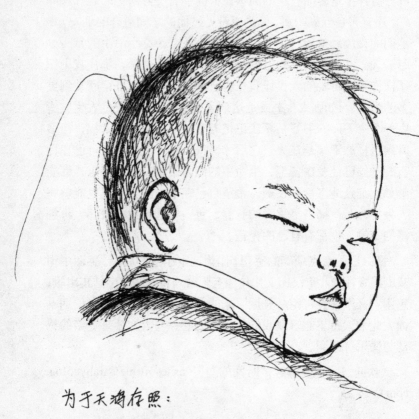

为于天鸿存照：

　　宝宝睡觉象小猪
　　小脸小手胖嘟嘟
　　鞭炮阵阵都不醒
　　一声一声小呼噜

WANLIN
93.3.6.